Les mots m'ont sauvée

Léa Jeunesse

Les mots m'ont sauvée

si tu traverses l’enfer, continue d’avancer

— Winston Churchill

Il fut un temps où dans ma vie, j'étais vraiment perdue, on venait de me briser le cœur pour la première fois, et je ne savais pas comment faire taire tout ce qui s'animait en moi. Il y avait un énorme vide qui grandissait chaque jour un peu plus et qui parfois, se remplissait beaucoup trop. Je ressentais des choses que je n'avais pas connues jusqu'ici, et ça me faisait mal de partout. Mes journées étaient fades, la vie n'avait plus de couleur, j'avais l'impression d'être un fantôme. Et puis, j'avais trop de larmes, trop de sentiments qui débordaient, trop d'émotions que je n'arrivais plus à contrôler. Je n'avais personne vers qui me tourner, j'étais seule, perdue, et je ne voulais pas en parler. Je me sentais bête de souffrir parce qu'on venait de me lâcher la main, je me sentais minable de pleurer parce qu'on venait de me briser le cœur… Une nuit, un trop plein de tout m'a donné envie de crier, mais *comment on crie avec le cœur* ? Alors, j'ai pris un stylo et j'ai noirci les pages d'un cahier, j'ai vidé mon encre et ce que je ressentais, et depuis ce jour-là, je n'ai jamais arrêté de le faire

j'ai appris que vivre était différent d'exister, et que je devais apprendre à le faire. J'ai appris qu'il fallait apprendre à parler de sa douleur avant de se noyer dedans, et j'ai appris qu'en vouloir au monde entier pour quelque chose qu'on n'aurait pas pu changer, ne servait à rien. J'ai appris que lutter contre ses démons et affronter ses plus grandes peurs ne nous rendait pas invincibles, mais beaucoup plus forts, que pleurer ne signifiait pas être faible, mais seulement être humain, que les larmes aidaient le cœur à parler lorsque les mots ne le pouvaient plus. J'ai appris qu'on n'était pas obligés de crier pour se faire entendre, qu'il n'était pas nécessaire de parler pour être compris et qu'écrire suffisait parfois à apaiser des maux, des douleurs que le temps n'effaçait pas. J'ai appris que malgré les tempêtes et leurs passages dans nos vies, on devait toujours continuer d'avancer, de vivre et de rigoler j'ai déjà cru mourir de chagrin, d'amour, de haine et de nostalgie, avoir un trop plein d'émotions jusqu'à donner envie de s'arracher le cœur pour ne plus avoir mal, pour ne plus rien ressentir. J'ai déjà cru pouvoir partir avec mes maux, sans faire de bruit, sans aucune larme ni un seul cri, m'en aller dans le fracas d'un silence. J'ai cru être droite en amour, pourtant, j'ai toujours aimé de travers, aimé beaucoup trop fort et parfois pas assez. Parce que j'ai déjà pensé pouvoir faire le deuil d'une relation alors que tout vivait encore en moi : les promesses, les rires et l'écho d'une voix, la passion, l'amour et tout à la fois. J'ai déjà cru pouvoir oublier alors que je croisais des souvenirs de partout, dans les miroirs ainsi que leurs reflets, dans le regard des autres et dans ce qu'ils disaient. J'aurais aimé pouvoir passer à côté des flash-back, des images et des fantômes du passé sans sentir mon cœur se briser dans ma poitrine, sans avoir mal, et sans pleurer.. Parce que je voulais que la fin soit belle en espérant ne jamais la connaître, ne jamais l'affronter, ne pas croiser des regards sans vie et des douleurs portant ton nom. Je pensais qu'aimer était la plus belle des choses lorsqu'elle s'était révélée être la pire. Parce que les histoires d'amour ne signifient plus rien, elles n'ont plus aucune importance, n'ont plus aucun sens, la nôtre est désormais morte à nos yeux, parce qu'on préfère enterrer vivants les souvenirs plutôt que de trop bien s’en rappeler, et qu’il est plus facile de détester les choses que de continuer à les aimer

le plus effrayant n’est pas d’oublier,
mais de se rappeler

ce n'est pas tomber qui est douloureux, c'est de savoir se relever avec les quelques morceaux en moins, ce qu'on a perdu et le peu qu'il nous reste. Le plus difficile n'est pas de perdre quelqu'un mais une partie de soi-même, accepter de se retrouver seul, que l'autre continue sa vie et que l'on doit reconstruire la nôtre sans se retourner. Ce qui fait le plus de mal n'est pas de faire l'état des lieux, mais de savoir faire le tri, garder ce qui nous fait du bien et jeter tout le reste. Ce n'est pas d'apprendre à vivre de nouveau mais trouver la force de le faire, d'y croire encore. Le plus compliqué n'est pas d'espérer mais d'accepter que certaines personnes ne reviendraient jamais. Et le plus effrayant n'est pas d'oublier, mais de se rappeler, se souvenir de tout et de rien, des regards et des silences qui parlaient pour nous, des sourires, des mots et de la voix qu'on a aimée. Ce qui est triste c'est de devoir faire le deuil d'une relation, d'une histoire et d'une personne alors que rien n'est mort et que tout vit encore sous nos yeux je voulais être la personne qu'on continue d'aimer

parce que moi aussi je voulais être la blessure de quelqu'un, cette petite cicatrice toujours sensible, marquée sur la peau, au cœur ou dans l'âme. Je voulais être ce prénom qui brûle trop pour être prononcé, celui qu'on n'ose plus écrire et qui nous change à jamais. Je voulais être ce sujet oublié, trop douloureux pour être abordé, cette discussion interdite dont tout le monde parle pourtant. Je voulais être un rêve, un souhait, celui qu'on cache au fond de nous en secret. Je voulais être une rencontre qu'on garde au creux du cœur, ce regard dont on se souvient trop bien, cette voix qui fait trembler. Je voulais être la personne qu'on continue d'aimer. Je voulais être quelqu'un aux yeux d'une personne, un souvenir qui ne s'efface pas malgré le temps qui passe, qui réchauffe le cœur mais qui peut aussi le détruire. Je voulais seulement être pour quelqu'un, ce qu'il a été pour moi parce que j'ai préféré me noyer parmi ce qu'on avait vécu plutôt que d'essayer de vivre de nouveau dans un monde où tu n'étais pas parce que le bateau de notre histoire a chaviré et que je suis la seule à m'être noyée parmi les souvenirs. J'ai plongé la tête la première et je me suis battue contre la fraîcheur de cet océan de tristesse, contre les courants qui m'éloignaient de toi, de nous, de tout. J'ai affronté d'énormes tempêtes, des orages qui grondaient si fort, qui faisaient si peur, j'ai traversé des vagues si violentes sous lesquelles j'ai pensé ne jamais pouvoir m'échapper. J'avais peur de remonter à la surface, peur de voir que tu étais parti, abandonnant tout ce qui te rattachait à moi, à notre amour désormais loin de nous, et ça me déchirait. Et je ne savais plus à quoi m'accrocher alors je me suis laissée sombrer dans les profondeurs, je me suis habituée à ces silences qui résonnaient partout autour de moi, à ce calme qui me serrait dans ses bras, à cette tristesse qui m'envahissait beaucoup trop. Parce que j'ai préféré me noyer parmi ce qu'on avait vécu plutôt que d'essayer de vivre de nouveau dans un monde où tu n'étais pas

j'aurais préféré devenir amnésique plutôt
que de trop bien me rappeler de ton prénom

j'aurais préféré devenir amnésique plutôt que de trop bien me rappeler de ton prénom et de tout ce qu'il représentait pour moi, réussir à l'effacer et le remplacer par un autre, comme toi tu l'avais fait. J'aurais aimé ne plus pouvoir me rappeler de ton si joli sourire lorsqu'il n'était plus pour moi, pouvoir oublier la couleur de tes yeux, le son de ta voix et celui de ton rire qui résonnait encore au creux de mon cœur. J'aurais voulu effacer les souvenirs et les silhouettes de nos fantômes qui continuaient de vivre à mes côtés. Pouvoir te faire mes adieux sans espérer qu'ils ne soient que des au revoir, et sans vouloir te retrouver, réussir à te détester au point d'en oublier l'amour que je te portais. J'aurais préféré te laisser partir sans attendre ton retour, m'en aller sans vouloir me retourner. J'aurais voulu faire comme si un jour mon cœur n'avait pas battu pour le tien, comme si je ne t'avais pas aimé, et comme si nous deux, n'avait jamais compté

ils m’ont juré que les souvenirs
arrêteraient de me briser le cœur

parce qu'ils m'ont dit que ce n'était rien et que ça finirait bien par passer, que la douleur était éphémère et qu'elle me permettrait de grandir. On m'a longtemps rassurée en me disant que ce n'était pas grave de tomber, du moment que j'arrivais à me relever. On m'a promis que le temps m'aiderait à guérir, à soigner toutes ces blessures et à recoller chacun des morceaux qu'on m'avait volé, ou que j'avais perdu. On m'a dit que mes sentiments finiraient par disparaître ou tout simplement, qu'ils arrêteraient d'exister pour moi. Ils m'ont jurée que les souvenirs arrêteraient de me briser le cœur et je les ai crus. J'ai bu leurs paroles et je m'y suis noyée. Je pensais qu'ils avaient raison lorsqu'ils me disaient que tout irait bien, que j'irai mieux, mais c'était faux. Le temps n'y changeait rien, parce qu'il existe des blessures qui ne guérissent jamais, et que depuis ce fameux jour, depuis toi, depuis l'enfer, rien n'avait changé

nombreux sont les yeux qui n'arrivent
pas à me faire oublier les tiens

et le silence régnait un peu trop fort au creux de mon cœur, laissant parler ce vide insupportable que je traînais chaque jour derrière moi. C’était désarmant, tu sais, de ne plus savoir où tu allais, ce à quoi tu pensais, ce que tu faisais et avec qui tu parlais. Ça m'a crevé le cœur, de retirer cette fameuse flèche qui nous avait touchés. Et j'ai mis du temps à m'y habituer, à ce foutu trou béant dans ma poitrine que tu m'avais laissé, lorsque ce n'était désormais plus mon prénom qui faisait battre ton cœur. Pendant que le tien hantait toutes mes pensées, le mien avait disparu de ta tête, de ta vie, remplacé par un autre et même oublié. Je n'étais plus partout où tu existais encore pour moi, et je divaguais entre le passé de notre amour et ce foutu présent loin de nous. J'étais perdue dans un monde que je ne connaissais pas, du moins pas sans toi, et je n'arrivais plus à avancer. Tu avais laissé des morceaux de ta personne un peu partout, et je vivais avec chaque petit bout, encore ancré en moi

un cœur brisé c’est plus qu'un
simple chagrin d'amour

et j'aurais aimé leur crier de prendre toutes mes douleurs lorsqu'ils les jugeaient sans les comprendre ni les connaître, de vivre mon passé et d'affronter toutes ces tempêtes comme je l'avais fait. Je voulais leur décrire à quel point j'avais mal, que mon cœur était détruit et qu'il se brisait un peu plus chaque jour, que sans lui, je n'y arrivais plus. J'ai voulu leur balancer toute ma souffrance à la gueule pour leur montrer que ça n'allait pas et que j'avais besoin de leur aide, mais ils n'ont jamais vu l'état dans lequel je m'étais retrouvée. Je sombrais lentement et personne ne le remarquait. Je voulais leur parler de mes démons, de l'enfer qu'étaient leurs bras, et que je voulais juste retrouver les siens, mais ils n'auraient jamais compris. J'étais habituée aux remarques déplacées et blessantes de leur part, eux qui ne pouvaient pas se mettre à ma place alors que je leur aurai donné volontiers. Et j'ai voulu crier que les souvenirs étaient devenus pire qu'une maladie sans lui et que les croiser était insupportable. Je voulais leur expliquer qu'un cœur brisé c'était plus que ce qu'ils pensaient, plus que quelques larmes et plusieurs insomnies, non, parce qu'un cœur brisé ça détruit une vie, ça bousille tout, et que ça m'avait complètement anéantie et changée. Un cœur brisé c'est plus qu'un simple chagrin d'amour, c'est beaucoup plus que ça, et ils ne l'ont jamais compris

tu m’as appris que fabriquer des ponts pour
avancer était plus facile que de reconstruire
des murs pour protéger le passé

tu m’as fait comprendre qu’il y avait pleins de raisons de mourir mais tellement plus de vivre. Tu m’as appris que l’échec n’était pas de tomber mais de rester au sol sans vouloir se relever. Grâce à toi, j’ai compris que l’erreur était humaine et que c’était normal de fauter, qu’on avait le droit de se tromper, de s’éloigner du chemin et même de ne plus se retrouver. Avec toi, j’ai accepté que ma place était ici et non ailleurs, et que je la méritais autant que les autres. Tu m’as appris que fabriquer des ponts pour avancer était plus facile que de reconstruire des murs pour protéger le passé. Tu m’as appris qu’il existe des sourires qui faisaient le nôtre et que le bonheur de certains pourrait faire le mien si je le voulais. J’ai compris qu’avoir des rêves c’était bien, mais que les réaliser c’était mieux. Et tu m’as fait comprendre que l'espoir se trouvait partout, qu’il suffisait de bien chercher ou tout simplement, d’ouvrir les yeux

je croyais être invulnérable avant de savoir ce que ça
faisait d'avoir mal au point de vouloir se l'arracher,
ce foutu cœur

et je pensais être indestructible lorsqu'on m'a brisé le cœur pour la première fois, quand j'ai senti une partie de moi s'en aller pendant que l'autre mourait lentement sans lui. Je croyais être insensible avant de sentir des larmes dévaler mes joues sans arrêt, sans comprendre. Je pensais qu'on ne pouvait pas m'atteindre alors qu'il avait réussi à me toucher en plein cœur, de plein fouet. Je croyais être invulnérable avant de savoir ce que ça faisait d'avoir mal au point de vouloir se l'arracher, ce foutu cœur. Parce que je n'ai pas entendu le coup de feu, j'ai seulement senti la balle me traverser la poitrine, sans un bruit, sans un cri, juste une douleur atroce qui restait ici, là, et qui me brûlait. Je pensais être forte, invincible en ce qui concernait la souffrance, mais je me suis trompée

et si ton âme oublie la mienne, souviens-toi
qu'elles se sont aimées au moins un instant

parce que je ne veux plus être l'un de ces souvenirs que le temps efface lentement de ta vie et que tu finisses par m'oublier, ne plus te souvenir de ma voix, de mes sourires, de tout ce qu'on se disait et murmurait pendant la nuit, elle qui n'appartenait qu'à nous. Je ne veux pas être ce fantôme dont le rire arrête de résonner au creux de ton oreille et que toute cette joie qui m'animait, finisse par s'en aller de ta tête, non. Parce que je veux être ce prénom sensible à ton cœur, dont l'évocation fasse trembler chaque parcelle de ton corps, de ton être. J'aimerais que tous ces secrets, ces rêves et ces promesses, continuent de combattre le temps. Et si ton âme oublie la mienne, souviens-toi qu'elles se sont aimées au moins un instant, et que tout ce qu'on a vécu, ne disparaisse pas en même temps que nous. Si notre empire s'effondre encore une fois, jure-moi d'en reconstruire un nouveau, ne laisse jamais les ruines nous ensevelir tous les deux. Et si la vie nous oublie, promets-moi de t'en souvenir

2 juin

je te remercie pour les souvenirs, pour notre histoire, merci pour notre amour, mais surtout, merci pour nous cette journée c'était ma plus douloureuse blessure, ma plus grande brûlure, mais désormais, c'est ma plus belle cicatrice. Cette journée c'était un calme extérieur mais tout mon monde que j'ai vu s'effondrer devant moi, mon plus bel univers qui disparaissait sous mes yeux. J'étais seule, debout, devant ce grand malheur, remplie d'une tristesse qui a fini par me noyer. Mais maintenant, déposer des fleurs sur la tombe de notre amour ne me paraît plus insurmontable. Cette journée n'était qu'à moi, tout le monde le savait, mais aujourd'hui, elle nous appartient à tous les deux. Tu sais, l'après toi ne me paraît plus aussi douloureux à l'heure qu'il est, regarder le passé ne brise plus le cœur et j'ai accepté qu'une partie de moi, soit partie en même temps que toi et que je ne la retrouverai peut-être jamais. Toute la haine que je portais à ton égard, tout cet amour pour ton prénom, tous ces sentiments de mon cœur pour le tien, ont arrêté de me faire du mal. Cette journée, je la vivrai avec le sourire aux lèvres et des étoiles dans les yeux parce que j'ai affronté une tempête dont je ne pensais pas pouvoir sortir. Parce que l'enfer que j'ai surmonté, m'a appris à pardonner la fin qui m'a déchirée, à accepter cet au revoir qui me brisait le cœur et cette absence insupportable que j'affrontais chaque jour. Alors je te remercie pour les souvenirs, pour notre histoire, merci pour notre amour, mais surtout, merci pour nous pourquoi la vie parait si fade quand tu n’es plus là et pourquoi un trou se creuse au creux de ma poitrine lorsque tu t’en vas ?

dis-moi, je t'en supplie, dis-moi pourquoi j'ai toujours mal, pourquoi tu es encore là ? Pourquoi j'ai l'impression de ne pas vivre ma vie, ou de la rater complètement, l'impression de faire semblant tout le temps, de mentir aux autres et à moi la première. Dis-moi pourquoi il y a cette impression qui ne me quitte pas, celle de passer à côté de quelque chose, à côté de toi, de moi, de nous. Dis-moi pourquoi j'ai l'impression de m'être trompée de chemin et de ne plus savoir où aller, d'être perdue à trop vouloir avancer, à trop chercher à t'oublier. Dis-moi pourquoi le soleil brille plus à tes côtés et que j'ai l'impression de respirer seulement dans tes bras ? Pourquoi la vie paraît si fade quand tu n'es plus là et pourquoi un trou se creuse au creux de ma poitrine lorsque tu t'en vas ? Dis-moi, pourquoi j'ai senti mon cœur se briser une nouvelle fois alors que je m'étais jurée de ne plus te laisser y toucher ? Dis-moi pourquoi le temps nous réunit à chaque fois, et pourquoi nos routes continuent de se croiser. Je t'en supplie, dis-moi pourquoi tu as peur, pourquoi tu fuis, dis-le moi je voudrais me réveiller sans sentir mon cœur se briser, ni retenir des larmes, juste me lever, poser un pied devant l’autre, sans avoir mal je suis désolée petit cœur, désolée de ne pas avoir su prendre soin de toi, de moi, de nous deux. Je me suis trompée de chemin, je me suis égarée en prenant de mauvaises directions et je t'ai vu te briser entre mes mains. Je suis désolée petit cœur, de ne pas avoir su te protéger du temps qui passe, des rencontres qu'on a faites, des sentiments qui t'ont dépassé et qui nous ont blessé. Je suis désolée mon cœur, d'être tombée à de nombreuses reprises et d'avoir refait les mêmes erreurs avant d'en prendre conscience. Je suis désolée d'avoir pris de mauvaises décisions en croyant que c'était le meilleur pour moi lorsque ce n'était pas le cas. Je suis désolée de t'avoir brisé petit cœur, d'avoir voulu t'arracher de ma poitrine pour ne plus rien ressentir, parce que par ta faute, mais surtout par la mienne, j'ai eu beaucoup trop mal pour vouloir continuer. Je suis désolée petit cœur pour tout ce que je t'ai dit ou pour tout ce que j'ai oublié de t'avouer, pour tous ces je t'aime et pour toute cette haine que j'ai voulu garder au fond de nous. Je suis désolée petit cœur, de ne pas avoir su prendre soin de toi comme il le fallait. Je suis désolée mon cœur, mais je te remercie, de ne jamais avoir arrêté de battre même lorsque je te le demandais je ne voulais pas d’un après toi

tu as été le fantôme de mes écrits pendant longtemps, celui qui restait à mes côtés, dans ma tête et toujours au creux de mon cœur. Je te voyais déambuler près des souvenirs qui mourraient lentement de tristesse, je te regardais vivre pendant que tout fanait autour de moi. Tu étais cette dernière page que je refusais de tourner, cette fin que je ne voulais pas affronter. Je ne voulais pas d'un après toi, ni apprendre à vivre de nouveau, encore moins construire un autre monde que celui dans tes bras ni aimer un autre cœur qui remplacerait le tien. J'ai essayé d'oublier tout ce qui me rapportait à l'ancien nous, oublier chaque petit morceau d'amour et chaque bout de toi, toujours ancré en moi. Mais le monde paraissait si fade, si vide, et ton absence prenait beaucoup trop de place. J'avais des blessures qui refusaient de guérir ailleurs que dans tes bras et un cœur qui criait sans cesse ton nom. Tu as été ce fantôme qui continue de nous hanter bien après un départ, celui dont l'évocation fait mal à en crever, et ce souvenir, qu'on refuse pourtant d'oublier

le monde n’a pourtant pas changé,
mais je crois que le mien, si

et ça fait quelques temps déjà que je n'ai plus les mots pour dire ce que je ressens, pour décrire comment se porte la vie autour de moi et l'état dans lequel est mon cœur. Je n'ai plus les mots pour parler de mon univers et de tout ce qui l'habite encore, aucun mot pour toutes ces étoiles qui se sont mises à briller de nouveau, et pour ce soleil qui ne brûle plus. Le monde n'a pourtant pas changé, mais je crois que le mien, si. Je pourrais juste dire que j'avais cessé de courir après le bonheur, d'attendre sa venue, mais au fil du temps, j'ai commencé à arrêter de claquer des portes, moi qui avant, refusais d'accueillir une joie qui viendrait à disparaître quelques temps après et dont le départ, me ferait replonger. Je me suis mise à ouvrir chaque fenêtre, chaque ouverture afin de le laisser entrer, ce foutu bonheur. Et il m'a percuté d'un coup, sans savoir d'où il venait, comment et pourquoi, et au lieu de le rejeter comme j'avais déjà pu le faire, j'ai appris à le découvrir, à aimer ce qu'il me donnait, à accepter qu'il me les reprendrait peut-être après. Et pour une fois, mon cœur n'est plus lourd, il n'a plus mal, il recommence à aimer doucement, à se reconstruire petit à petit. Oui aujourd'hui les mots ne viennent pas, peut-être parce que le bonheur ne s'écrit pas, ou peut-être afin de laisser les autres le découvrir à leur tour

raconte moi l’histoire de chacune de tes
cicatrices et le nom qu'elles ont porté

raconte-moi ton histoire, parle-moi de lui, d'elle qui t'a tant marqué, de la plus belle ou triste des manières. Parle-moi de celui ou celle qui t'a fait sourire, qui t'a rendu heureux, heureuse, qui t'a fait te construire, qui t'a permis d'apprendre, de vivre, et même d'oublier. Parle-moi de cette personne qui a su chambouler ton cœur, le faire valser, le faire battre plus vite, plus fort, le faire tomber amoureux puis tomber au sol. Parle-moi de celui ou celle qui t'a mis à terre, qui t'a fait du mal, qui t'a blessé, brisé, déçu ou bien trahi. Et parle-moi de toi, de ta vie, de tes secrets, de tes rêves, de ce que tu désires le plus au monde, ce qui te donne envie de te lever le matin, de chanter, de danser, de crier. Parle-moi aussi de l'enfer que tu as déjà traversé ou celui que tu es en train d'affronter, de tes démons, de tes plus grandes peurs. Parle-moi de ce qui te hante, te manque, ce qui ne te quitte jamais, ce que tu gardes au fond de toi bien caché, raconte moi l'histoire de chacune de tes cicatrices et le nom qu'elles ont porté. Parle-moi de tes problèmes, mais aussi des solutions, des questions que tu te posais et des réponses qui vont avec, parle-moi de la douleur et ce qui t'a permis de la dépasser. Aide-moi à te comprendre, à te connaître, et peut-être qu'ensuite je te parlerai de moi

parce que le monde que je préfère,
c’est celui dans tes bras

et peut-être que j'aurais pu vivre dans d'autres mondes plus grands, plus beaux, plus joyeux. Peut-être qu'il en existe certains plus colorés et moins sombres, des mondes qui me ressemblent et où j'aurais pu être heureuse. Peut-être qu'ils auraient pu m'apporter et m'offrir ce que je ne pouvais pas avoir ni gagner. Peut-être qu'ils auraient pu me rendre ce que j'avais perdu ou ce que je voulais le plus, m'aider à oublier ou à avancer, me faire découvrir des merveilles et permis de réaliser mes plus grands rêves. Peut-être que certains mondes me permettraient de devenir meilleure, de grandir, de me retrouver. Peut-être que ces mondes auraient pu m'apprendre ce dont j'ignorais l'existence, et me soulager, apaiser mes peines au lieu d'en être la cause, guérir toutes mes blessures et me permettre de vivre sans souffrir. Peut-être que certains mondes sont plus solides et mieux protégés, moins bancals pour m'accueillir et me permettre de me sentir bien, mais jamais chez moi. Parce que le monde que je préfère, c'est celui dans tes bras

parce qu’un cœur qui bat,
n’oublie jamais

et du jour au lendemain, plus rien, la personne que tu as tant porté dans ton cœur arrête de t'aimer, de te le montrer. Tout ce qui était important ne l'est plus et ne le sera plus jamais, les habitudes tombent à l'eau pendant que les larmes effacent chaque marque de bonheur ou de lui. Tu arrêtes de sourire, d'avoir le ventre rempli de papillons qui eux, meurent lentement de tristesse, et toutes les étoiles dans tes yeux, repartent dans le ciel. Le silence est de plus en plus bruyant et les souvenirs s'effacent comme s'ils n'avaient jamais existé, comme si votre histoire ne signifiait rien. Les sentiments disparaissent peu à peu, tombant dans l'oubli eux aussi, et les questions arrivent, quand tu te demandes comment avancer, oublier, lorsque l'autre l'a déjà fait. Et le cœur bat moins vite, mais il garde tout au fond de lui, chaque mot, chaque rire, chaque trace, chaque cicatrice. Parce qu'un cœur qui bat, n'oublie jamais

il y a des cœurs qu'on a aimés hier et qu'on
voudrait aimer tous les jours qui suivent

pour guérir de toi, j'avais une montagne de sentiments à gravir, une tempête à affronter, il fallait que j'apprenne à les calmer, à les faire taire parce qu'ils étaient devenus trop bruyants. Ils criaient ton nom quand mon cœur voulait l'oublier, ils espéraient ton retour quand j'espérais pouvoir penser à toi sans souffrir. Parce que tu m'as brisé le cœur avant de le reconstruire et avec le temps j'ai compris que cette blessure était nécessaire et qu'elle deviendrait la plus belle, parce qu'elle portait ton nom. Il y a des cœurs qu'on a aimés hier et qu'on voudrait aimer tous les jours qui suivent, un visage qu'on veut continuer d'admirer, de découvrir. Il y a des yeux, un regard dans lequel on veut se plonger, se perdre et aussi, se retrouver. Et je pourrais te dire je t'aime, te l'écrire, te le crier, ça ne suffirait pas, ça ne suffirait jamais. Mais je ne veux pas que tu aies peur, ni te faire fuir, encore moins te voir reculer, parce que moi aussi je suis effrayée, je n'ai pas eu l'habitude d'aimer quelqu'un, ni eu l'envie d'en aimer un autre que toi. Et même si parfois, à l'intérieur de mon cœur c'est le bordel, je t'aime

je sais que l'amour rend malade, mais j'ai aussi
compris que c'était la plus belle des maladies

je n'ai jamais voulu, ni eu l'envie d'apprendre à vivre dans un monde où tu n'es pas, continuer d'avancer de mon côté et d'abandonner ce qu'on a laissé derrière nous, comme si ça n'avait jamais compté. Je ne veux pas entendre mon cœur battre pour un autre que le tien, ni l'écouter parler d'un prénom et d'un nouvel amour qui ne serait pas le nôtre. Je n'ai jamais voulu oublier ton rire, ni les étoiles qui brillaient dans tes yeux, les secrets qui s'y cachaient et l'univers dont je voulais faire partie. Et si je tombe, je préfère que ce soit à cause de toi, et si mon cœur se brise encore, je préfère que ce soit de tes mains, de ta faute, parce que tu es le seul à me faire ressentir chaque sentiment aussi fort. Tu sais, ça me terrifiait de passer à côté de la plus belle histoire qui me soit arrivée de raconter, de devoir tourner la page et brûler le livre pour cesser de le relire. Je n'ai jamais voulu vivre ailleurs que dans tes bras, je veux juste grandir et découvrir ce que l'avenir me réserve, n'avoir jamais peur du lendemain puisqu'il serait à tes côtés. Et tu sais, grâce à toi, je sais que l'amour rend malade, mais j'ai aussi compris que c'était la plus belle des maladies

il n’y a rien de pire pour un écrivain, que de ne
pas savoir poser des mots sur d’autres maux

il n’y a rien de pire pour un écrivain, que de ne plus trouver les mots, ne pas savoir quoi dire ni comment le faire, ne plus pouvoir s'exprimer, ne plus savoir comment parler de ce que l’on ressent ou de ce que l’on vit. Aucun mot ne vient pour décrire la vague de sentiments qui nous a aspirés ou cette lame, qui nous a transpercés le cœur, aucun mot pour décrire la joie, la paix, le bonheur dans lequel on vit, les papillons qui renaissent ou les étoiles qui brillent de nouveau dans nos yeux. Aucun mot pour dire combien je l’ai aimé et ce que je donnerai pour continuer de le faire et d’être heureuse à ses côtés. Il n’y a pas une seule phrase pour la présence de nouveaux sentiments qui rythment soudainement la vie, ceux qui ne disparaissent pas à la tombée de la nuit et qui sont toujours là quand on se relève. Parce le bonheur guérit des blessures sans nous laisser le temps de leur dire adieu et d’en parler. Il n’y a rien de pire pour un écrivain, que de ne pas savoir poser des mots sur d’autres maux, de ne plus savoir comment appeler ni décrire ce que la souffrance nous a fait subir, ce qu’elle a engendré, ce qu’elle a détruit et ce qu’elle a emporté. Les mots ne viennent plus, peut-être parce qu'on les a assez utilisés, ou peut-être pour arrêter de le faire une fois que tout s’est brisé, j'ai reconstruit un autre monde, plus grand, plus beau, moins bordélique et surtout, mieux aimé. J’ai posé pierre par pierre chaque petit morceau qui le compose désormais, j’ai bâti ce nouvel empire et je t’en ai offert la clé. Parce que mon cœur porte ton nom depuis des années et j’aimerais qu’il continue de t’aimer comme il le fait. Je t’ai perdu et je n’ai jamais pris de meilleure décision que celle de te retrouver. Parce que l’amour et toi m’avaient fait tourner la tête et le cœur, j’avais l’impression d’aimer à l’envers et jamais comme il le fallait, j’en avais le tournis mais pourtant, je recommençais à chaque fois. Parce que t’aimer est une évidence que je refuse de laisser de côté et lorsque je regarde le monde devant moi, je me dis qu’il est bien meilleur depuis que tu y es entré. Tu sais, je n’aurais jamais les bons mots pour te le dire, pour te l’avouer, parce que ce que je ressens ne peut s’expliquer et les mots ne me suffisent pas.. Mais je t'aime, et je crois que tu ne te rends pas compte de l'importance que ça a pour moi. Je t’aime de plus en plus chaque jour et je n’aurais jamais pensé qu’il était possible que je puisse t’aimer autant, parce que tu es l’opposé qui me complète et celui qui comble parfaitement. Tu es la plus belle étoile de mon ciel et je te remercie de briller chaque jour au dessus de ma tête. Certains détestent l’amour et tout ce qui s’y rapporte, ils haïssent les sentiments et les rejettent comme une maladie. Ma différence avec les autres, c'est que moi j’aime l’amour et plus particulièrement, j’aime t’aimer

— tu n’as besoin de personne pour vivre
— mais j’ai quand même besoin de toi

mais je ne voulais pas briser des cœurs pour recoller le mien, ni me plonger dans d'autres regards en espérant qu'ils me guérissent du tien. Je ne voulais pas me perdre dans les bras d'un inconnu pour me retrouver, ni écouter une voix qui me ferait oublier la tienne, je ne voulais pas ça, je te voulais toi

j’en voulais aux étoiles de continuer de
briller alors que j’étais tombée du ciel

non le monde n’a pas changé, il n’a pas cessé de tourner, le soleil a continué de se lever chaque matin, la nuit de tomber et les étoiles de briller. Il y a toujours de la pluie, des nuages, des orages mais aussi des arcs-en-ciel. Non la vie n’est plus belle, ni moins triste, il y a encore des tempêtes à affronter, des naufrages à éviter, des combats qu’on est obligés de perdre ou qu'on doit abandonner. Oui il y a des chutes qu'on ne voit pas venir, des échecs qu’on doit surmonter, des douleurs contre lesquelles il faut lutter. Oui c'est difficile, oui ça fait mal, mais ça en vaut quand même la peine

l'amour n'est jamais parfait
mais à tes côtés il l'était
(ne m'oublie pas)

j'aurais voulu apprendre à connaître le monde qui vit dans le magnifique vert de tes yeux et que tu puisses voyager dans le mien, parcourir tout l'univers qui s'y cache. Il y avait tant de choses que je voulais vivre et découvrir à tes côtés, tant de rêves et de souhaits à réaliser, tant d'amour à te donner. J'aurais été capable de décrocher la lune et chacune des étoiles de ce putain de ciel pour te voir sourire rien qu'un instant, mais peut-être que ça n'aurait jamais suffit à te rendre heureux

merci d’avoir continué de m’aimer
lorsque je n’étais plus capable de le faire

avant, j’avais l'impression de n’être rien et pourtant tu m’as prouvé que je pouvais être tout. Alors je te remercie, merci de m’avoir laissé me plonger dans ton regard et de m’avoir autorisé à m’y perdre, mais surtout à m’y retrouver. Merci d’accepter mes faiblesses, mes défauts, mes erreurs, ce que je déteste, et tout ce qui ne tourne pas rond chez moi. Merci de m’avoir permis d’y croire de nouveau, d’y croire encore et surtout d’y croire plus fort. Merci d’essayer de rendre le monde meilleur, et surtout de rendre le mien plus beau. Merci pour tous les rêves que tu me donnes et pour la force qui me permet de vouloir les réaliser. Merci pour tous ces sourires que tu déclenches, pour cette joie et cette folie qui brillent dans mes yeux. Merci de m’avoir montré le chemin du bonheur et de me laisser le parcourir à tes côtés. Merci de me tendre la main quand ça ne va pas et de m'aider à me relever quand je ne tiens plus debout ou que je n’ai plus la force de le faire toute seule. Merci pour toutes les étoiles dans mes yeux et pour celles qui brillent encore plus au dessus de ma tête. Merci de me faire croire aux arcs-en-ciel après la pluie et au soleil qui finit toujours par se lever. Merci pour toi, pour nous, pour tout, mais surtout, merci d'avoir continué de m’aimer lorsque je n'étais plus capable de le faire tu as oublié mon cœur en partant

tu sais, je me suis plongée dans d’autres regards en espérant t’y retrouver, et peut-être pour t’oublier. Je voulais me baigner dans leurs yeux pour ne plus penser à ma noyade dans les tiens. Puis, j’ai aussi écouté d’autres voix pour que la tienne arrête de me hanter, de résonner partout en moi. J’ai pleuré ta perte sur d'autres épaules, j’ai serré d'autres corps contre le mien, j’ai admiré d'autres personnes, j’ai voulu essayer de vivre une histoire différente de la nôtre. Je te jure, j’ai tout fait, tout tenté, mais je n’ai jamais su en aimer un autre que toi

— pourquoi on n'a jamais réussi à s'aimer correctement ?
— je ne m'aimais pas moi-même, comment aurais-tu voulu que je parvienne à t'aimer comme il le fallait ?

il y avait peut-être trop de tâches, d'encre versée, de fautes, beaucoup de rayures, trop de noir sur les pages et sûrement pas assez de couleur dans l'histoire, mais c'était la seule que je continuais de lire, que je voulais connaître, la seule que je voulais vivre. Tu sais, peut-être que rien ne tournait rond chez nous, que dans cette histoire, on marchait trop vite, ou pas assez, et qu'on fonçait droit dans un mur. Peut-être que c'était écrit, qu'on devait s'aimer, tomber, se briser sur le sol, se retrouver et tout recommencer je t’aime bien plus qu’il n’y a d’étoiles dans le ciel

je t'aime, je t'aime bien plus qu'il n'y a d'étoiles dans le ciel, et j'aime, j'aime quand tu me prouves que même la perfection n'est pas parfaite et lorsque tu me dis que c'est ça qui nous rend parfaits. J'aime quand dehors, c'est le déluge, et te dire qu'il ne pleut jamais dans mon cœur depuis que tu es là. J'aime me rappeler que la pire tempête que j'ai dû affronter c'était la tienne mais que c'était sûrement aussi la plus belle. J'aime me rendre compte que notre amour pourrait faire trembler le monde entier et moi la première. J'aime admirer le ciel et me dire que la plus belle étoile est à mes côtés, et qu'elle brille plus que toutes celles au dessus de nos têtes. Je t'aime et ça m'a frappée comme une évidence

tu es parti,
tu as fui comme le soleil disparaît la nuit

tu m'as dit que tout finirait par s'effacer, que tout s'en irait bien un jour, mais je ne pensais pas que toi aussi, et pourtant tu l'as fait. Tu es sorti de ma vie en claquant la porte, tout le monde s'y attendait, tout le monde sauf moi. Tu es parti, tu as fui comme le soleil disparaît la nuit. Et je me suis sentie si seule, si vide, comme si tout ce que je ressentais, avait disparu, comme si tout ce que je gardais au fond de moi, était parti en même temps que toi. Et puis petit à petit, je voyais ton absence remplacer ta place, et ça me brisait. Ça me brisait parce que mon cœur crevait encore d'amour pour toi, mais tu n'étais pas là, plus là, et ça m'a déchirée. Ça m'a déchirée parce que je n'ai jamais su vivre dans un monde où tu avais cessé d'exister, et c'était ça le plus triste

pardon de ne pas t'avoir dit plus tôt
que je t'aimais pour me protéger

je t'aime, fort, malgré tout ce que l'on a traversé, les orages, les tempêtes, malgré mon caractère, le tien, malgré les intempéries de ma vie ou ce qui me traverse l'esprit. Excuse-moi pour le petit bordel qui règne en moi, pour mon amour toujours de travers, pour les erreurs que j'ai faites et celles qui viendront, pour les blessures du passé qui mettent énormément de temps à guérir. Désolée pour le pansement que je n'arrive parfois pas à enlever, pour les quelques cicatrices qui resteront avec moi, pour tout ce qui me hante et qui ne me quittera jamais. Pardon de ne pas t'avoir dit plus tôt que je t'aimais pour me protéger, pardon d'avoir osé prétendre te détester lorsque je savais que ce n'était pas le cas. Et peut-être qu'il y a des choses qui ne s'effaceront jamais et qu'on gardera toujours au fond de nous, mais elles nous apprendront à grandir, main dans la main, si tu le veux encore

un jour on se lève et le soleil brille
un peu plus au lieu de brûler

et puis un jour on se sent mieux, parce qu’un jour, on arrête d’avoir mal, de se lever avec l’envie de se recoucher, de s’endormir avec le besoin de fermer les yeux et de ne plus les ouvrir. Un jour on arrête de pleurer, de sentir son cœur louper des battements. Un jour on arrête d'avoir peur, on cesse de lutter, de se battre contre soi-même, on arrête d’essayer de reconstruire un monde qui n’existe plus. Un jour on arrête d’essayer de guérir, de vouloir oublier, de chercher à avancer. Parce qu’un jour on se lève et le soleil brille un peu plus au lieu de brûler, la vie est plus facile et croiser des regards n’est plus aussi douloureux. Un jour on se sent bien, un jour on se sent mieux l'amour n'est pas une erreur mais une raison de rester, même si ce n'était peut-être pas la tienne j’ai peur, j’ai peur de ne pas savoir admirer la vie comme toi, alors que je regarde pourtant dans la même direction. J’ai peur que mes souhaits te paraissent minuscules alors que les tiens me donnent envie de rêver. J’ai peur que la distance se mette entre nous, qu’elle fasse barrage à notre amour qu’on a mis si longtemps à trouver, à comprendre, à accepter, mais surtout à protéger. J’ai peur que le temps finisse par se lasser de nous, qu’il se mette à disparaître, petit à petit, puis à nous lâcher dans une vie que je ne connais pas sans toi. J’ai peur d’affronter la tempête qui porte ton nom parce que je n’y survivrai pas une seconde fois. J’ai peur que tout ce qu’on s’est promis, tombe dans l’oubli, comme nous. J’ai peur que la séparation me déchire au point de ne plus savoir qui je suis et ce que je veux devenir, parce que tout ce que je voulais, c’était continuer d’être à tes côtés. J’ai peur, j’ai peur que l’amour ne soit plus une assez bonne raison de rester et que je n’en sois pas une non plus

ils m’ont dit qu’au fil du temps, elle disparaîtrait,
la souffrance d’avoir perdu l’amour de sa vie

ils m'ont dit que la douleur serait moins présente, que le temps l'effacerait doucement, et qu'un jour, elle partirait complètement. Ils m'ont dit que j'arrêterai d'y penser et même que je finirai par l'oublier, que j'oublierai ces déchirements, la fraîcheur qui venait couvrir mon corps chaque nuit. Que j'oublierai les tremblements et l'impression mourir lentement. Ils m'ont dit que je ne me souviendrai plus de la douleur du cœur qui bat de moins en moins vite, jusqu'à ne plus le sentir bouger dans sa poitrine. Ils m'ont dit que je tournerai la page du livre, que j'en tournerai encore des centaines, que je m'habituerai à ces sentiments qui ne reviennent pas toujours, à cette partie de moi que je ne retrouverai pas. Ils m'ont dit qu'au fil du temps, elle disparaîtrait, la souffrance d'avoir perdu l'amour de sa vie j'aurais aimé te faire une belle déclaration d'amour, et pourtant aujourd'hui je n'arrive pas à trouver les bons mots, peut-être qu'ils n'existent pas. Peut-être qu'il n'y a aucun mot assez fort, assez puissant pour décrire ce que je ressens lorsque tu es devant moi, quand tu souris, quand je t'entends rire. Aucun mot pour ce que j'éprouve lorsque je suis dans tes bras, quand ton corps est contre le mien et que j'écoute ton cœur battre. C'est difficile d'apprendre à aimer correctement, il n'y a pas de guide, pas de livre qui te dit comment le faire bien, comment aimer sans souffrir, sans détruire, et sans se perdre. J'ai toujours fait de mon mieux, je n'ai jamais fait semblant, pas un seul jour. Et tu sais, cet amour que j'éprouve à ton égard, c'est la seule chose que je ne suis pas en mesure de contrôler et ça me terrifie. Ça me terrifie de ne pas savoir si je t'aime bien, trop, pas assez, si je t'étouffe avec ce que je ressens, et si je me noie dans mes propres sentiments. Tu m'as appris tellement de choses, tu m'as appris à continuer de sourire, à continuer d'avancer même lorsque tout mon monde s'effondrait. Tu m'as appris à en reconstruire un nouveau, un meilleur, un plus solide avec toi, un monde dans lequel je suis fière de vivre. Tu m'as prouvé que même la perfection n'était pas parfaite et que c'était ça qui nous rendait parfaits. Tu m'as appris que ce n'était pas grave d'avoir tort, et de tomber. Tu m'as donné envie d'y croire, de toujours me relever, mais aussi de rêver. Tu me fais me sentir vivante, tu fais sortir le meilleur de moi et il n'y a que dans tes bras, que j'arrive à me retrouver. Je t'aime, je t'aime si fort ce soir-là, je ne me rendais pas encore compte de ce qui allait se passer, de la nouvelle tempête que j'allais devoir traverser, de l'océan de tristesse dans lequel j'allais sombrer, du monde que je devais reconstruire sans que tu en fasses partie. Ce soir-là, il n'y avait rien, plus aucune émotion, aucun sentiment, aucune larme, aucun cri, juste le vide et un trou béant. Ce soir-là, j'étais dans le déni, je refusais d'y croire, je n'acceptais pas, c'était impossible. Pourquoi moi ? Pourquoi maintenant ? J'ai tout donné de moi dans cette histoire, je m'y étais jetée à cœur, corps et âme, j'ai sauté d'une falaise et j'ai plongé dans l'inconnu sans me soucier de ce qu'il y aurait en bas, parce que je savais que tu me rattraperais. Tu sais, je n'ai pas hésité une seule seconde avant de me laisser tomber dans le vide, mais peut-être que j'aurais dû. Peut-être que j'aurais dû réfléchir deux fois et je me serais fait moins mal en touchant le sol, peut-être que je me serais moins prise de murs dans la tête et peut-être même que mon cœur ne se serait pas brisé et moi non plus. Peut-être que la vie aurait été plus douce et moins compliquée, peut-être même que je n'aurais pas souffert. Peut-être que si j'avais surveillé la flamme de notre amour, elle ne se serait pas transformée en incendie meurtrier, et peut-être même que j'aurais pu l'éteindre à temps. Ce soir-là, je ne me rendais pas compte de ce qui venait de se passer. Pour la première fois de ma vie, j'avais eu peur de perdre quelqu'un, et pour la première fois, je l'avais perdu

à trop aimer on finit par ne
plus savoir comment le faire

je n'étais peut-être pas la plus belle des étoiles, ni celle qui brillait le plus, je pourrai même dire que j'étais l'une des plus petites et des plus éloignées de toi, mais au moins, je t'aimais. Je t'aimais peut-être trop fort, et je savais, je savais pertinemment que ça allait se finir comme ça. À trop aimer on finit par ne plus savoir comment le faire, mon problème n'était pas forcément l'amour qu'il y avait, mais le manque de ta part, et le fait de ne voir que par et pour ça. Parce que je vivais cette histoire, je me suis jetée dedans comme si c'était une évidence et j'ai fini par me perdre et ne plus savoir qui j'étais dans tes bras. Alors je te dis adieu, c'est mieux comme ça, au début je croyais que c'était mieux pour toi, parce que tu n'étais pas fait pour l'amour que je t'offrais, ça t'étouffait et je me brûlais. Après j'ai cru que c'était mieux pour moi, parce que je méritais plus que tout ce que tu pouvais me donner, et que tout ce que tu ne pourrais jamais me donner. Au final c'est mieux pour nous deux, parce qu'il t'est impossible de m'aimer sans me briser et moi je ne peux supporter d'être anéantie à chacun de tes départs. Peut-être qu'on va changer le proverbe et que c'était le bon moment mais juste pas la bonne personne, et pourtant je le croyais et m'obstinais à croire que c'était le destin qui voulait qu'on soit réunis lorsque c'était juste toi qui n'arrivait pas à me laisser partir

— ça fait plusieurs jours que tu ne m’as pas envoyé de message
— peut-être que les mots ne viennent plus, ou peut-être parce qu’il n’y a plus rien à dire

et je pensais qu'on aurait du mal à se détacher l'un de l'autre, que ça allait me brûler, me déchirer, me détruire et pourtant, on l'a fait en un claquement de doigts. On s'est lâchés la main et on a continué de marcher, seuls, comme deux inconnus, comme si tout le temps passé aux côtés de l'autre, n'avait jamais compté. Parce qu'il a suffit d'un petit coup de vent pour tourner la page, pour éteindre le feu d'un amour que je pensais indestructible. Tu sais, peut-être qu'on ne s'aimait pas autant qu'on pouvait se le dire, peut-être justement qu'on le disait trop pour que ce soit vrai, et c'est ça qui m'a brisé

si tu as réussi à partir sans y laisser ton cœur,
pourquoi est-ce que moi, je resterai ?

laisse-moi partir, s'il te plaît, ne te retourne pas, ne me retiens pas et ne reviens pas me chercher non plus. J'ai besoin de m'en aller, de m'éloigner, pour une fois je ne serai pas celle qui reste et qui continue d'aimer. Je ne fuis pas, j'en ai seulement eu assez de me battre toute seule pour notre histoire et pour ce qu'on ne vivra plus jamais. Je vais arrêter de protéger les ruines d'un amour passé qui n'a désormais plus aucune valeur à nos yeux. Tu es parti et pourtant c'est toi qui m'as perdue, parce que tu m'as toujours considérée comme le problème lorsque j'étais sa solution. Si tu as réussi à partir sans y laisser ton cœur, pourquoi est-ce que moi, je resterai ?

n’oublie pas que là où tu vas, je n’irai jamais. Tu es en train de prendre un chemin et moi un autre, qui ne se croiseront plus, ni aujourd'hui, ni demain… et peut-être que c’est mieux comme ça tu vois, j'espérais te manquer et que pour une fois, les rôles s'inversent. J'aurais aimé que le vide ne soit pas que de mon côté et que tu comprennes ce que ça fait d'être celui qui reste et qui continue d'aimer. Je voulais que le son de ma voix qui s'éloigne tout doucement avec le temps et qui finira forcément par disparaître, te donne envie de l'écouter afin de ne pas l'oublier. J'aurais voulu que ma silhouette et mon visage qui s'effacent petit à petit, te donnent envie de me revoir afin de te souvenir de moi et de chaque parcelle de mon corps. J'aurais préféré que l'absence de mes mots soit trop lourde à porter pour te donner envie de m'écrire de nouveau et de faire fuir ce silence abominable. Tu sais, j'espérais vraiment te manquer un peu et savoir que tout ce qu'on a vécu ensemble, avait réellement compté j'ai connu la vie avant et sans toi, mais je n'en ai pas gardé un seul souvenir, je l'ai connue avec et après toi, j'ai grandi, j'ai changé, tu m'as changée. Tu sais, je pensais que ton départ allait me briser, me donner envie de m'arracher le cœur pour ne pas avoir mal, et figure toi que je suis la première étonnée mais je n'ai rien ressenti. Pas de tristesse, pas la moindre haine à ton égard. J'ai versé quelques larmes les jours avant, mais après, plus rien, comme si tout ce qu'on avait vécu n'était qu'un rêve et que ça n'avait jamais vraiment existé. Peut-être qu'inconsciemment me dire que c'était faux, ça m'aide à ne pas avoir mal, et que grâce à ça, je ne suis pas malheureuse. Et dis toi que j'en arrive à me sentir triste de ne pas l'être, j'ai l'impression de me trahir et de salir nos souvenirs. Tu ne me manques pas, pas cette fois et ça me perturbe beaucoup parce que j'étais habituée à ton nom trottant dans mes pensées ou qui prenait la première place de mon cœur mais là, tu as disparu. Tu es parti et tout de toi, s'est effacé en moi. Peut-être que mon corps souffre trop et qu'il m'empêche d'encaisser la douleur de cette rupture, pourtant, on en a vécu d'autres, j'ai dû affronter cette tempête déjà plusieurs fois, mais dis moi, pourquoi tout est différent maintenant ? En partant tu m'as tout pris, absolument tout ce que je pouvais te donner et même ce que je n'aurai jamais pu t'offrir. Tu m'as pris des sentiments que je n'ai pas montrés, et tu es sorti de ma vie en me laissant seulement un vide et rien d'autre que ça.

Tu as lâché ma main et je t'ai regardé prendre celle des autres, avoir ce que je ne pouvais pas te donner. Et pourtant, j'aurai pu décrocher la lune, toutes les étoiles du ciel et chaque astre de ce putain d'univers pour un seul de tes sourires. Tu sais, j'essayais de soigner ton cœur lorsque tu brisais le mien, mais toi, tu n'as jamais su aimer et moi, je vais essayer de le faire ailleurs, me plonger dans un autre monde et apprendre à y vivre, apprendre à ne plus vouloir exister dans le tien. Je vais essayer d'arrêter de parler de toi, de nous, et de ce que tu m'as fait ressentir, de ce que tu m'as appris, du passé et de ce qu'on ne vivra plus jamais. J'aurais aimé te faire comprendre que l'amour n'est jamais une erreur mais une raison de rester, même si ce n'était pas la tienne. Tu étais mon premier amour, ma première fois, mon premier tout, tu étais mon évidence mais je n'étais pas la tienne. Nous n'étions pas deux âmes sœurs, nous n'étions pas destinés à combattre le monde ensemble, ni à créer le nôtre. Et te voir disparaître en me balançant que tout ce qu'on a vécu, tu le regrettais, m'a fait prendre conscience que l'empire dans lequel on vivait, n'existait pas. Comment tu as pu me dire ça, et me faire penser que j'étais le problème lorsque j'étais la solution, me dire que j'étais la seule à vivre cette histoire ? La seule à l'écrire, à me battre pour elle ? Tu sais, je me souviens de ton regard même s'il disparaît petit à petit, j'essaie de me rappeler de ta voix mais elle s'éloigne doucement, et puis ton odeur s’en va elle aussi, elle n’emprisonne plus mes draps. Je suis en train de t’oublier, et ça ne me fait plus peur. J’ai l’impression d’être prête à me lever et à marcher sans tenir ta main, sans me raccrocher à toi. Ça fait bizarre d'avancer sans être à tes côtés et sans souhaiter l’être, sans penser à qui le fera après moi. Je t’ai aimé, je t’ai tellement aimé qu’à l’heure d’aujourd'hui, je ne suis pas sûre de pouvoir aimer une seconde fois de cette manière-là, et puis même si je le pouvais, je ne le ferais pas. Tu sais, il a fallu que tu retournes à l'autre bout de la France et qu’on ne respire plus le même air pour que je réalise que tu n’étais plus là et que je ne voulais pas que tu reviennes. Ça fait un mois que tu es parti et pourtant c’est toi qui m’as perdue, mais ne te retourne pas, s’il te plaît, continue d’avancer, et ne reviens pas, ne reviens jamais. Ça fait mal de me dire que je ne croiserai plus ce si joli regard dans lequel j’ai aimé me plonger, ce si beau sourire que j’ai aimé contempler, mais si moi je suis partie c’est que je savais que je voulais être partout sauf ici. J’ai cru en nous, beaucoup trop, et je pensais qu’on arriverait à leur prouver que le premier amour pouvait aussi être le dernier, mais c’était faux. Tu as été mon premier amour, le plus grand, le plus beau, le plus fort. Et peut-être qu'avec le temps, j’accepterai qu'il y a des amours éphémères et que le nôtre en faisait partie.

C’était magique, fabuleux, c’était nous mais, c’est fini, ne m’oublie pas, s’il te plaît

j'étais ce qu'il lui manquait et
lui était tout ce qu'il me fallait

parce qu'il y a des mots qu'on n'a jamais prononcés et qu'on ne se dira probablement jamais, des mots qu'on a préférés taire et cacher au fond de nous pour se protéger. On évitait des guerres, des tempêtes sous lesquelles on ne s'en serait pas sortis vivants, ou si, mais plus aux côtés de l'autre. J'avais mes démons, il avait les siens, mais on n'a jamais réussi à les faire fuir. Il avait des peurs qui n'étaient pas les miennes et j'en avais qu'il ne pouvait pas comprendre. Nous étions différents, nous étions deux opposés qui se complétaient parfaitement, j'étais ce qu'il lui manquait et lui était tout ce qu'il me fallait *le vide en moi ne me paraît plus aussi grand*

je ne m'attendais pas à m'attacher de nouveau, encore moins maintenant, pas aussi rapidement ni de cette manière-là. C'était inattendu, ça m'a frappée d'un coup, sans que je ne sois préparée à ça. Je mentirais si je disais que je n'avais pas peur, que ça ne tournait pas en boucle dans ma tête et que j'étais prête à accueillir tout ça. Je ne pensais pas qu'on pourrait encore me toucher pourtant il l'a fait et maintenant qu'il est là, le vide en moi ne me paraît plus aussi grand. Peut-être qu'en ce moment c'est un peu le bordel dans mon cœur, dans ma vie, et que je ne sais pas vraiment où je vais, mais je suis sûre de vouloir avancer dans cette direction j'ai continué de vivre sans toi

je ne sais pas encore si je rencontrerai de nouveau l’amour fou, passionnel, l’amour qui donne des ailes et qui donne envie de se jeter dans l’inconnu au risque de tout perdre. Je ne sais pas si je serai prête à confier mon cœur et à regarder quelqu'un d’autre en prendre soin. Je ne sais pas si j’arriverai à connaître encore une fois cet amour qui te fait faire le tour du monde en un instant mais aussi celui qui t’apprend à aimer en restant au même endroit. Je ne sais pas si je serai capable d’accepter un amour qui aide à grandir, à rêver, et surtout l’amour dans de nouveaux bras et dans un autre regard. Peut-être que je ne sais pas mais peut-être que j’en ai envie

si l'amour est un risque à prendre,
je veux que tu sois le mien

pour l’instant, je ne sais pas si ce sera toi et moi ou moi sans toi, mais je sais que ce sera quelque chose quand même. Je tomberai peut-être amoureuse, en espérant ne pas me fracasser sur le sol cette fois-ci et s’il advient que ça se termine de la même manière, alors ce sera la plus belle des chutes. J’ai toujours dit que l’amour était une bonne raison de rester, et c’est sûrement aussi une bonne raison de se battre. Parce que tomber amoureux n’est jamais facile mais ça fait moins mal lorsqu’on est deux, et si l’amour est un risque à prendre, je veux que tu sois le mien

c’est lorsqu’on ne sait pas
où aller qu’on va nulle part

et si l'orage se met à gronder un peu trop fort dans ta tête, n'aie pas peur de l'écouter. Et si tu dois traverser une tempête dans laquelle tu es perdu et n'arrive pas à te retrouver, n'aie pas peur d'avancer, c'est lorsqu'on ne sait pas où aller qu'on va nulle part. Et si tu vois ton univers s'écrouler sous tes pieds, ou qu'il s'effondre devant toi, n'aie pas peur de devoir le construire de nouveau. Le monde ne s'arrêtera jamais de tourner, pas même le tien, et si tu as l'impression qu'il ne tourne pas rond, dis toi qu'il tourne toujours et que c'est le plus important. Et s'il se met à pleuvoir dans ton cœur au point d'en être noyé, n'oublie pas que la vie n'est pas plus belle lorsque le soleil brille, et qu'on a parfois besoin de se le rappeler. Et si ça ne va pas, souviens toi que la pluie est mon temps préféré et que je viendrai te chercher

je te promets de ne pas t’oublier,
de ne pas nous oublier

et je te promets de ne pas oublier, de ne pas oublier notre rencontre, nos premiers sourires, notre premier au revoir. Je te promets de ne pas oublier les étoiles qui brillaient dans ton regard, dans le mien, ni l'amour qui me faisait vibrer. Je n'oublierai pas nos rêves, nos espoirs, ce qu'on a construit et ce qu'on a bousillé par la même occasion, tout ce qu'on a partagé et ce qu'on ne vivra plus jamais. Je n'oublierai pas notre histoire, les hasards, les rayures, les doutes, les brouillons, les erreurs. Je n'oublierai pas la peur, la haine, la joie, tous les sentiments qui pouvaient me traverser à tes côtés, dans tes bras ou lorsque tu étais à des centaines de kilomètres de moi. Je n'oublierai pas le monde dans lequel on vivait, ce qu'on y a bâti et ce qui n'a pas pu survivre à son effondrement. Je n'oublierai pas ce qui grandissait dans notre univers, tout ce que j'étais fière d'avoir construit mais qui a aussi disparu. Je n'oublierai pas les murmures, les promesses, les excuses. Je n'oublierai pas les moments de bonheur, de rire, de pleurs, les retrouvailles, les adieux, les retours, les départs. Je n'oublierai pas les oui, les non, les peut-être, les pour toujours, les à jamais, mes « je te déteste », et surtout tes « je t'aime ». Je te promets de ne pas t'oublier, de ne pas nous oublier on s'est déchirés mais on s'aimait, peut-être trop fort, trop mal et peut-être même qu'on n'arrivera jamais à être ensemble sans se briser le cœur j'ai essayé de combler ton manque par bien des manières bien à moi : j'ai voulu déchirer chaque page du livre, les maudissant une à une avant de les brûler. J'ai voulu hurler ton nom au point d'en avoir mal en les prononçant, voulu m'arracher le cœur pour ne plus le sentir souffrir à cause de toi. J'ai essayé de t'oublier de la pire des façons : avec de nouveaux garçons, plusieurs voix, différents regards, d'autres murmures mais rien ne te remplaçait. Je pensais que personne n'arriverait à remplir le vide qui grandissait un peu plus chaque jour à cause de toi jusqu'à ce que je le rencontre, lui *m'aimes-tu toujours ?*

eh, dis-moi, où est allé ton cœur pendant que le mien était resté dans le passé, qu'il vivait, s'abattait en plein milieu des souvenirs qui le fracassaient ? Où est allé ton corps ? Dans d'autres bras, si oui, étaient-ils mieux que les miens ? Et tes lèvres, où se sont posées tes lèvres, lorsque les miennes ne désiraient que les tiennes ? Dis-moi, qu'est-ce qui a changé ? Qu'est-ce qui est resté, qu'est-ce qu'on ne reverra plus jamais ? Et ton âme, dis-moi, ton âme est-elle toujours la même ? M'aime-t-elle encore ? Et toi, m'aimes-tu toujours ? Et, si c'est le cas, me le dirais-tu ?

fais-moi croire qu'il est possible
d'aimer une seconde fois

mon amour, fais-moi croire aux étoiles qui ne cessent de briller, et dis-moi que j'en suis une aussi. Fais-moi croire aux arcs-en-ciel après la pluie, à ce petit rayon de soleil après une tempête, celui qui réchauffe le cœur et qui donne envie de sourire, d'y croire de nouveau. Fais-moi croire à la magie des contes de fées, et au cœur qui ne s'arrête jamais de battre. Fais-moi croire aux papillons qui ne meurent plus de tristesse et qui continuent de vivre au creux du ventre. Fais-moi croire qu'il est possible d'aimer une seconde fois, que l'amour, moi aussi j'ai le droit, et surtout avec toi

toi, tu étais un peu plus que les autres, tu étais différent de tout ce que j'avais connu. Tu étais à part dans ce monde et j'avais envie que tu fasses partie du mien. Tu étais comme un coup de cœur humain que l'on ne peut contrôler et je suis tombée amoureuse de toi, c'était rapide, fort, mais j'ai peur. J'ai peur que ce soit trop beau pour être vrai, et j'ai peur de tomber par terre, plutôt que dans tes bras. Depuis toi, mon cœur ne sait plus où aller. Il rêve de se réfugier dans tes bras mais pourtant il a peur de se perdre de nouveau. Je n'ai plus envie de souffrir ni de voir le monde s'effondrer d'un seul coup, passer du paradis et le regarder se transformer en enfer. J'ai peur, parce que tu es une nouvelle histoire à écrire, à raconter, et j'ai peur qu'en tournant les pages, tu n'y sois plus caché derrière. Tu es un renouveau. Toi, tu m'as appris que l'amour peut nous sourire une deuxième fois, parfois encore plus que la première, il peut nous apprendre à guérir, à oublier, à grandir, à chanter de nouvelles chansons sans avoir le cœur qui se brise à chaque mot. Tu sais, je n'ai pas peur de te dire je t'aime, j'ai juste peur que les mots ne suffisent parfois plus à le montrer correctement. Mais je t'aime, je t'aime comme j'aime le ciel et ses couleurs, comme j'aime la nuit et ses étoiles. Et j'aime ta façon de regarder le monde et d'y voir de la beauté là où d'autres ne verraient rien. J'aime ta curiosité, ton envie de tout découvrir et de connaître les secrets de l'univers. J'aime sentir mon cœur s'emballer lorsque tu prononces mon prénom, comme s'il comptait un peu plus que les autres. Avec toi, les feuilles blanches se noircissent des plus belles couleurs. Et maintenant, je rêve de sentir nos doigts s'entremêler, tes lèvres frôler ma peau, et d'écouter ton cœur battre contre le mien, formant l'une des plus belles mélodies que je pourrai écouter. Tu es mon humain préféré, et si l'amour portait un nom, peut-être que ce serait le tien

je n’ai pas beaucoup de choses à t’offrir, seulement
moi, et un amour qui m’étouffe parfois

je n’ai pas beaucoup de choses à te montrer, encore moins à t’offrir, je n’ai que mon monde un peu bancale, assez sombre, qui manque de s’effondrer à chaque instant. Un monde que j’ai dû reconstruire des dizaines de fois, à cause des démons qui l’ont ravagé, des tempêtes qui l’ont traversé. J’ai un cœur à te donner, un cœur un peu brisé à cause du passé et des mains qui n’ont pas su en prendre soin, un cœur fragile qui a besoin de temps pour guérir, pour apaiser des blessures qui n’arrivent pas à cicatriser. Un cœur qui t’aime tellement qu’il en est effrayé, de cet amour qu’il ne contrôle pas, de ces sentiments qui le dépassent petit à petit. J’ai un corps à te montrer, un corps qui a manqué d'attention lorsqu’il en avait le plus besoin, un corps blessé qui essaie d’être accepté, d’être aimé, d’être lui-même. J’ai des mots, énormément de mots pour toi, qui te décriront chaque émotion, chaque sensation, mais qui me feront aussi terriblement mal. Des mots qui déchirent et qui brûlent, des mots qui ont l’effet d'une balle en pleine poitrine. Je n’ai pas beaucoup de choses à t’offrir, seulement moi, et un amour qui m’étouffe parfois *avec toi, le verbe aimer prend tout son sens*

depuis toi, tout s'est éteint, les doutes que je traînais, les questions dans ma tête qui ne trouvaient pas de réponse. Depuis toi, la douleur qui me brisait, la tristesse qui me faisait sombrer, les cicatrices qui me brûlaient, s'effacent lentement. Depuis toi, la peur de ne jamais me relever, les regrets de ne pas avoir réussi et tout ce qui ne voulait pas se taire en moi, disparaissent petit à petit. Depuis toi, j'ai l'impression que c'est moins compliqué de respirer, de se lever le matin et de vivre une journée. Depuis j'ai compris que le monde ne s'était jamais arrêté de tourner, mais qu'il recommençait à briller. Depuis toi, les souvenirs sont moins présents, les fantômes du passé commencent à s'en aller à partir avec tout ce qui me hantait et qui ne me quittait jamais. Depuis toi, je souris, pour de vrai, et avec toi, le verbe aimer prend tout son sens tu sais, j'aurais aimé te serrer dans mes bras et te dire que ça irait, que la douleur finirait par s'en aller de ton cœur, et que l'amour qui te faisait tant souffrir, partirait de la même manière. J'aurais aimé te dire que ce n'était pas la fin du monde, même si ça y ressemblait, et que la terre ne s'était jamais arrêtée de tourner, contrairement à ce que tu pensais. J'aurais aimé te dire plus tôt que ton premier amour ne serait pas le dernier, ni le plus beau, qu'il ne fallait pas toujours claquer les portes et encore moins fermer tes yeux. J'aurais aimé te faire comprendre que l'amour te tomberait encore dessus, et que tu serais prête à l'accueillir, à te plonger dans un autre regard et à être heureuse dans de nouveaux bras. J'aurais aimé te faire comprendre que tomber n'était pas aussi grave que tu le pensais et que tu arriverais toujours à te relever. J'aurais aimé te dire que se battre ne serait jamais facile mais que ça en valait toujours la peine, que les larmes couleraient sur tes joues, et que ton petit cœur s'arrêterait de battre quelques secondes avant de repartir de plus belle. J'aurais aimé t'assurer que le temps serait le meilleur des remèdes même si tu refuserais de le croire, qu'il guérirait tes plaies, une à une, mais qu'il fallait que tu le laisses faire. J'aurais voulu te dire que l'amour serait ta plus grande faiblesse mais aussi ta plus belle force, que ça te détruirait au point de te perdre, mais que ça te donnerait aussi l'impression d'être réellement en vie et de pouvoir tout réaliser. J'aurais aimé te faire regarder les étoiles et te dire qu'elles ne cesseraient de briller dans le ciel et encore moins dans tes yeux, te dire que l'univers est composé de merveilles dont tu fais partie, que le monde est beau et que tu l'es toi aussi *parce qu'être différent veut dire être unique*

le corps parfait n'existe pas, il y a le tien, le mien et le leur, tous différents, tous beaux à leur manière. Il y a des corps qui ont des cicatrices qui parlent et racontent beaucoup d'histoires que d'autres ne connaissent pas. Certains ont des tâches et des fissures qui ne sont pas des erreurs à effacer, des défauts ou des marques à détester. Il y a des corps brisés qui méritent beaucoup d'amour et d'espoir, des corps qui n'ont pas les imperfections qu'ils croient avoir. Tu sais la vraie beauté n'est pas ce qu'on considère comme le modèle parfait, être fine, le ventre plat, ni avoir une silhouette que tout le monde désire. La vraie beauté se trouve sur la peau, dans les regards, et sur les lèvres de ceux qui préfèrent sourire. Elle glisse sur les formes et sur ce qu'on n'ose pas montrer lorsqu'on devrait le faire avec fierté. La vraie beauté est dans le cœur des personnes qui continuent de se battre contre la vie. Elle est présente là où beaucoup n'arrivent pas à la voir. La vraie beauté n'est pas une étiquette, elle est donnée à tout le monde, il suffit seulement d'ouvrir les yeux et de vouloir y croire. Tu sais, il ne faut pas avoir peur de ne pas être comme les autres, parce qu'être différent veut dire être unique, et il n'y a rien de plus parfait que ça

mon corps,

ça n’a pas toujours été facile entre toi et moi, je l’avoue, j’ai été difficile, méchante et parfois je t’ai même blessé. Je te détestais, je détestais cette peau, ces formes, ces cicatrices, ces courbes, ce visage, cette silhouette, je détestais tout ce que tu étais, tout ce que je voyais dans les vitres, les miroirs et même mon reflet. Je t’en ai voulu tu sais, je t’ai détesté lorsque tu as commencé à me faire mal, je t’ai détesté d’avoir la santé qui te lâchait, de poser un pied devant l’autre en sentant que tu pouvais t’écrouler au sol à chaque instant. Et je t’ai fait du mal, je le sais, je t’ai vu te couvrir de bleus et de cicatrices sans même réussir à te défendre, je t’ai vu tomber, et je n’ai même pas voulu te relever. Tu étais bien à terre, c'est ce que j’avais fini par penser, parce que j’avais l’impression d’être fragile, que chaque chose était capable de me briser en mille morceaux. Je m’insupportais, tu m’insupportais. J’entendais des critiques, des remarques, et le pire c’est que je les croyais, lorsqu’ils me disaient que j’étais trop ça, ou pas assez. Je t’ai regardé avec dégoût, avec haine, mais aussi avec tristesse, je voulais que tu disparaisses.

Je suis désolée mon corps, j'étais compliqué d'apprendre à me regarder si je n'arrivais pas à me sentir bien dans ma peau, en toi, en nous, et que les vagues de critiques n'arrêtaient pas de revenir vers moi. Et pourtant, je te jure que j'ai essayé de t'aimer, mais j'ai voulu te détruire, briser ce qui n'allait pas et tout mieux reconstruire. J'ai passé d'horribles années avec toi, seulement par ma faute et parce que je t'en voulais de ne pas être comme les autres, parfois d'être bien, parfois d'être trop, je n'acceptais pas de ne pas être comme je le voulais, parce qu'au lieu de ça, je t'avais toi. Et je me disais que c'était injuste, que je ne t'avais pas voulu et que j'aurais aimé avoir le droit de te choisir. Dans ma tête, ça n'allait pas non plus, je ne savais pas faire d'entre deux, tu n'étais jamais assez, il m'en fallait toujours plus. Je t'ai détesté, on s'est fait la guerre toi et moi, et personne n'a gagné, parce que si je perdais, c'était la fin de la partie pour moi, et si je gagnais, c'était fini pour nous deux. Sans toi, je ne pouvais rien faire.

Et le temps est passé, et, j'ai commencé à me dire que personne ne pourrait t'aimer si moi-même je n'y arrivais pas. Avant d'accepter quelqu'un dans ma vie, je voulais d'abord réussir à t'accepter toi, réussir à m'accepter moi. Avant d'offrir mon amour à quelqu'un qui en avait besoin, je devais me le donner à moi-même, parce que j'étais la première personne qui le méritait. J'ai compris qu'on n'avait pas toujours ce qu'on désirait mais qu'on devait faire en sorte d'aimer ce qu'on avait. Alors je me suis battue contre les miroirs, contre les insultes, j'ai arrêté de croire tout ce qu'ils disaient parce que tout ce qui comptait c'était seulement mon regard et non le leur. Après des mois passés à te complimenter, à apprendre à aimer chaque petit défaut et chaque grande qualité, j'ai commencé à apprécier ce que je voyais en photo. J'ai mis beaucoup trop de temps, je le sais, mais j'ai réussi. Après des années de pleurs, de dégoût, à te trouver tous les défauts du monde, j'ai réussi. J'ai réussi à m'accepter, à t'accepter toi. Mon très cher corps, j'ai compris que sans toi, je n'étais rien, et que tu étais le seul qui ne me quitterait jamais, alors, il fallait bien que j'apprenne à t'aimer, parce que personne d'autre ne pourrait le faire à ma place.

Tu es à moi, tu es le mien, et si je veux vivre toute une vie, je dois aussi vouloir la passer avec toi

après toi, la vie était un amas de poussières et de vieux souvenirs que je refusais d'oublier, un monde sombre, fade et détruit que je ne voulais pourtant pas abandonner. Je vivais dans un univers où le soleil s'était éteint et dans lequel mon cœur s'était perdu. Il n'y avait plus aucune étoile dans mes yeux, et les papillons au creux de mon ventre, mouraient lentement de tristesse. Ma peau hurlait ton nom et ça me démangeait, mon cœur espérait te voir revenir sans jamais te voir arriver, je voulais tes bras qui n'étaient plus là pour calmer l'orage qui grondait en moi. C'était atroce de me retrouver ici sans toi, sans savoir quoi faire ni où aller, sans avoir l'envie même de partir et de tout recommencer. La flamme de notre amour était devenue pour moi, un incendie meurtrier qui ravageait tout le monde qu'on avait construit, ce monde qui avait résisté à d'innombrables tempêtes mais pas la dernière qui porte maintenant ton nom. Tu sais, j'étais incapable de me rappeler comment j'avais pu être heureuse avant toi, ou du moins si je l'avais réellement été. Après ta perte, je me demandais comment continuer de vivre, et si j'arriverais à le faire, si je trouverais la force et l'envie d'y croire encore. Tu sais, ça demande du courage de vivre après toi, et peut-être que ce courage là, je ne l'avais pas

ce n’était pas la fin du monde même si ça y ressemblait, et pourtant c’était la fin du nôtre on s’aimait mais ce n’était pas suffisant pour éviter la chute et la fin de notre histoire, pour éviter qu’on se fracasse la gueule ni pour éviter que mon cœur se brise au même moment que le tien

des phrases bateaux pour le naufrage
qui nous a coûté notre histoire

tu sais, j'ai senti mon âme se fissurer doucement sous tes mots et j'étais incapable de tenir debout, parce qu'à ce moment-là, tout implosait en moi. Je voyais les souvenirs se mélanger, ta voix et nos espoirs, tout ça, était en train de se perdre, comme nous deux. Chaque petit battement brisait un peu plus mon cœur, et je sentais les émotions se débattre dans le chagrin avant d'y sombrer, je les entendais lutter contre la peine avant de se noyer dans la tristesse. Tu sais, j'avais l'impression que le bateau de notre amour venait de faire naufrage contre mon cœur, jusqu'à le briser complètement

dis moi qu'il est possible de t'aimer sans
me bousiller, sans rechuter, sans en crever

je ne pourrai jamais dire si on s'abîmait plus qu'on s'aimait, en tout cas on faisait mal les choses et tout s'est brisé, mon cœur, le tien, et l'histoire qu'on essayait d'écrire sous cette tempête qui a tout ravagé sur son passage, à commencer par nous deux

on s’aimait, et devoir le dire et
l’écrire au passé me brise le cœur,
alors qu’il bat encore pour toi

le temps passe lentement mais il n'efface rien de toi, de nous. Nos souvenirs traînent encore dans les rues, et je les vois déambuler comme des fantômes qui ne trouvent la paix nulle part, ni ici, ni ailleurs. Ils marchent douloureusement sur mon cœur, peut-être sur le tien, les piétinant un peu plus chaque jour, comme si on le méritait à cause de l'amour qu'on se portait. Oui on s'aimait, mais jamais de la bonne manière, ni au bon moment sans toi, la vie n’est pas si terrible que ça

et tu sais, la vie sans toi n'est pas si terrible que ça, contrairement à ce que je pensais avant de t'avoir perdu. J'ai fini par m'habituer à ces vagues de souvenirs qui reviennent parfois me frapper, histoire de ne pas t'effacer complètement. Avec du temps, j'ai oublié ce que ça faisait d'être à tes côtés, dans le monde qu'on avait construit, brisé et ce que je pouvais ressentir lorsque j'étais dans tes bras. Tu sais finalement, ce n'est pas si horrible que ça, de vivre sans toi

je ne savais plus comment t’aimer alors
je l’ai fait de la pire des manières

je ne savais plus comment t'aimer alors je l'ai fait de la pire des manières, en m'accrochant au peu d'amour qu'il te restait et à ce que tu voulais bien me donner. Je m'attachais au passé, à tout ce qu'on avait vécu, aux tempêtes que l'on avait affrontées et traversées, à tous nos rêves et à ce qu'on s'était promis. J'essayais de me convaincre que ça ne pouvait pas se terminer, pas maintenant et certainement pas de cette manière-là. Je refusais d'imaginer que notre histoire pouvait et devait s'arrêter, pas après tout ce temps passé à me battre pour fuir et échapper à ce fichu naufrage qu'on n'a finalement jamais réussi à éviter. J'essayais de me rassurer à l'aide de tes paroles, de tes mots qui avaient encore du sens pour moi, en pensant qu'avec le temps, tout finirait pour aller mieux alors que c'était pire après. Nos sentiments n'étaient plus ce qu'ils étaient et toi non plus, tout avait changé alors j'ai cessé de lutter, j'ai lâché ta main et je suis partie, sans n'avoir jamais été préparée à te dire adieu j'ai aimé et j'aime le monde, j'aime marcher, sauter et danser sous la pluie chaude l'été, elle qui me permet de me sentir libre, heureuse, et moi-même, j'aime m'allonger sous celle gelée en hiver, elle qui m'a donné pour la première fois, l'impression d'exister. J'aime crier, hurler et me déchirer les cordes vocales dans le vide, en maudissant tout ce qui torture mon cœur, celui qui n'a pas su en prendre soin, et tous ceux qui l'ont brisé. J'aime écouter le chant des oiseaux sous un arbre fleuri, sentant le vent caresser ma peau de la même manière que sa main le faisait autrefois. J'aime regarder le ciel et m'y perdre, plonger dedans comme dans un océan sans jamais trouver l'envie d'en sortir, j'aime puiser toutes mes forces dans les étoiles qu'il protège, de la même manière qu'il toujours veillé sur moi. J'aime admirer le soleil se lever mais aussi se coucher, se taire, et faire place à la nuit qui garde tous mes secrets, mes maux et même ce que je refuse de m'avouer. Elle est mon reflet, seule dans le noir, entourée de millions de petites lumières qui lui crient de garder espoir. J'aime assister à des tempêtes qui ne savent pas s'arrêter, en voir certaines qui me font penser a moi, elles qui détruisent tout sur leur passage, avant de disparaître lentement. J'aime l'écouter parler lorsque son cœur est au bout des lèvres, j'aime lorsqu'il m'apprend des choses sur moi-même et sur la vie, j'aime l'écouter rire aux éclats sans savoir s'arrêter, j'aime qu'il soit à mes côtés, dans mes bras et contre mon âme. Je l'aime et j'aime l'aimer. J'aime sentir les sentiments vivre en moi, ceux qui brûlent et qui explosent parfois pour montrer qu'ils sont bien là, et que le vide qui se creusait dans mon cœur, commence à se remplir petit à petit. J'aime lui tenir la main, l'entendre me dire que je suis un rayon de soleil dans sa vie et que je sais trouver de la lumière là où il n'y en a plus, j'aime lui rappeler que l'enfer a toujours une sortie et qu'il a été la mienne. J'aime voir les couleurs de la vie, de l'amour et de tout ce qui m'entoure. Je suis tombée amoureuse du monde pour m'aimer, et c'était sûrement la plus belle chute *est-ce que tu m'aimes encore, malgré tout ça ?*

est-ce qu’il t’arrive de penser à moi, à nous, et de te rendre compte que les souvenirs font terriblement mal ? Est-ce que l’absence que j’ai laissé en toi est irremplaçable et est-ce que mon prénom est inoubliable ? Est-ce que les couleurs sont plus sombres, plus fades, et est-ce que la vie n’a plus le même sens depuis que je ne suis plus là ? Est-ce que toi aussi tu mens pour ne jamais rien laisser paraître, pour ne pas laisser les sentiments prendre le dessus, pour ne pas te perdre ni sombrer dans la souffrance ? Dis-moi, est-ce que l’amour retourne encore ton âme, est-ce que tu sens ton cœur se resserrer douloureusement lorsque tu entends mon prénom ? Est-ce que la vie est plus douce, sans moi ? Est-ce que c’est difficile de penser à ce qu'on vivait, à ce qu’on voulait construire, à ce qu’on était tous les deux, et à ce qu’on ne sera plus jamais ? Dis-moi, est-ce que je suis vraiment la seule parmi nous, à regarder le ciel et les étoiles en espérant te voir apparaître devant moi ? Et surtout, je veux savoir, est-ce que tu m’aimes encore, malgré tout ça ?

je voulais être le prénom pour lequel battait ton cœur

tu sais, parfois je me demande si elle a réussi à te faire aimer un nouveau monde dans lequel tu peux voyager.. et si son cœur est plus solide que le mien pour résister à tes départs que je devais supporter, et à ton amour dévastateur qui nous a détruit… est-ce que la vie est plus douce dans ses bras ? Est-ce qu'il fait beau dans son cœur ? Dis-moi, est-ce que votre amour à vous, est plus fort que lorsqu'on s'aimait nous ?

on s'aimait, et même si l'amour est une bonne raison
de rester, elle ne suffisait pas pour que tu le fasses

je t'aimais plus que n'importe qui et ça n'a jamais suffi à te faire rester près de moi ni dans mes bras, on s'aimait, certes, mais ce n'était jamais assez, du moins pas pour toi

— j’avais peur de ne pas être assez pour toi, ou d’être trop
— et pourtant tu n’étais ni trop, ni assez, tu étais toi, et c’est tout ce qu’il me fallait

je te demande pardon de ne pas avoir assez pris soin de ton cœur et de l’avoir regardé s’affaiblir entre mes mains. Je ne voulais pas être celle qui briserait ton cœur et pourtant je l’ai fait. Je suis désolée de ne pas avoir su t’aimer correctement, comme tu le méritais et de t’avoir toujours aimé trop fort ou pas assez. Pardon de t’avoir perdu et d’être trop faible et trop lâche pour pouvoir continuer d’être à tes côtés. Je m’excuse d’être partie après t’avoir donné des raisons de rester, d’avoir préféré aimer ailleurs au lieu de me battre pour toi une dernière fois. Pardon de t’avoir lâché la main pour changer de chemin et pour marcher seule, pardon d'avoir arrêté d'être heureuse avec toi, et surtout, je te demande pardon d’avoir un jour, cessé de t’aimer j'aimerais savoir si de ton côté, chaque réveil est difficile, si tu as du mal à ouvrir les yeux et à te lever depuis que je ne suis plus là j’ai essayé de refaire ma vie comme si tu ne l’avais pas quittée, ou du moins, comme si tu ne l’avais jamais croisée.. tu sais, je ne voulais pas d’un après toi, parce qu’on s’aimait, et je pense qu’on s’aime toujours, mais ailleurs

on n'oublie jamais le cœur qu'on
voulait aimer toute sa vie

tu sais, on n'oublie pas le premier prénom qu'on a aimé, celui qui sonnait différemment, et qui avait le pouvoir de faire battre notre cœur un peu plus rapidement. On n'oublie jamais le premier regard dans lequel on s'est plongé, ni celui qui nous a fait voir la vie d'une autre manière, souvent plus belle, parfois plus sombre. On n'oublie pas le premier je t'aime, encore moins le dernier au revoir. Tu sais, on n'oublie pas la première silhouette qui a rendu nos journées merveilleuses, ni celle qui arrivait à nous faire aimer la pluie et le mauvais temps. On n'oublie pas la première personne qui nous faisait vibrer, ni le premier rire qui nous faisait trembler. On n'oublie jamais les yeux à travers lesquels on avait l'impression d'exister réellement et pour la première fois. On ne peut pas oublier le premier cœur brisé, ni les premières larmes sur nos joues. On n'oublie pas celui, celle qui nous a fait grandir, ni les premiers mots qui nous ont fait du mal. On n'oublie jamais le premier amour, la première peine, on n'oublie jamais le cœur qu'on voulait aimer toute sa vie

je pense encore à toi lorsque le froid me serre
dans ses bras, quand tu n'es plus là pour le faire

je pense à toi quand le silence devient trop pesant alors que tu avais l'habitude de le briser parce que tu le détestais. Je pense à toi lorsque je regarde la pluie tomber sur moi, me rappelant à quel point j'étais la seule à l'aimer, et que tu préférais quand le soleil brillait au dessus de nos têtes, très haut dans le ciel. Je pense encore à toi lorsque le froid me serre dans ses bras, quand tu n'es plus là pour le faire, ni pour faire taire les bruit qui résonnent en moi. Je pense à toi lorsque ton nom me hante, quand ton visage me manque et que des vagues de regrets s'abattent sur moi trop violemment. Je pense à toi quand le sommeil ne vient pas, et qu'il y a une place vide à mes côtés qui t'attend depuis bien trop longtemps. Je pense à toi lorsque la nuit tombe doucement, quand je regarde les centaines d'étoiles scintiller dans l'obscurité en me demandant si tu penses aussi à moi. Je pense toujours à toi en marchant dans certaines rues, comme si tu ne les quittais jamais vraiment, tout comme mon cœur j'ai besoin de temps pour guérir de toi

je savais que notre chute à tous les deux allait me briser en mille morceaux, et pourtant ça ne m'a pas empêchée de sauter dans le vide à tes côtés. On s'aimait même si on courait à notre perte ensemble, même si on allait se fracasser au sol ou contre un mur, tant que c'était avec toi, le reste n'avait pas d'importance

j'ai compris que partir était parfois
plus compliqué que de rester

j'ai compris que les au revoir étaient souvent plus douloureux que les adieux et que le nôtre m'avait brisé. J'ai compris que la vie pouvait être merveilleuse même lorsque le soleil ne brillait pas dans le ciel et que la pluie était magnifique, elle aussi. J'ai compris pourquoi les tornades portaient un nom et pourquoi la tienne était terrifiante lorsqu'elle a détruit et ravagé ma vie. J'ai aussi compris qu'on pouvait m'offrir son cœur et briser le mien par la même occasion, qu'on pouvait me lâcher la main du jour au lendemain sans même prendre une seconde pour me lancer un dernier regard et encore moins un dernier sourire qui me dirait « eh, ça ira, ne t'en fais pas ». J'ai compris qu'on pouvait me dire je t'aime droit dans les yeux sans même le penser et que ça finirait aussi par me hanter. J'ai compris qu'on ne pouvait m'offrir ni la lune, ni les étoiles, et que c'était sûrement mieux comme ça, qu'elles appartenaient toutes au ciel et que personne ne les méritait. Tu sais, j'ai compris que ce n'était pas l'amour qui m'avait anéantie, mais tout le reste, et qu'il pouvait m'aider à me reconstruire seulement si je l'acceptais. Et j'ai compris que partir était parfois plus compliqué que de rester, surtout lorsque j'ai dû te laisser l'amour sans toi, ça fait terriblement mal

j'aurais aimé prendre la place qu'elle avait dans ta vie, et j'ai fini par comprendre qu'elle ne me serait jamais destinée. Tu sais, l'amour est plus fort que tout et j'espère qu'il saura soigner ce que j'ai brisé en toi ou du moins apaiser certaines blessures qui portent mon nom.. Mais je t'ai aimé, d'ailleurs je t'aime toujours, et tu as laissé des traces de toi, partout dans ma vie. Depuis que je suis partie, j'ai l'impression d'être perdue, d'aller nulle part, comme si sans toi, je ne savais plus quoi faire. Au fond de moi, j'aurai toujours ce vide qui grandit petit à petit et je crois que je mérite qu'il ne se comble jamais, surtout après tout ce que je t'ai fait. Et pourtant, j'aimerais que l'on prenne mon cœur abîmé, qu'on le dépose dans une petite boîte et qu'on n'y touche plus jamais, parce que l'amour sans toi, ça fait terriblement mal. Tu sais, je ne sais pas si une personne est capable de survivre à tout ça, en tout cas, moi je ne le suis pas

parce qu’on m’a dit « *c’est tuant, les souvenirs* »
surtout lorsqu’ils portent ton nom

il y a des jours où tu me manques, des jours où tu me hantes et des jours où je t'oublie. Il y a des jours plus difficiles que d'autres, des jours où le passé s'acharne sur moi, comme si je le méritais, et des jours où la vie me serre dans ses bras en me murmurant que ça ira, que ça finira par passer. Il y a des jours où j'ai envie de crier à quel point j'ai mal au cœur à cause de toi, parce que tu refuses de le quitter. Il y a des jours où j'ai envie de pleurer parce que mon corps est inondé de tristesse depuis mon départ, depuis notre au revoir qui se transforme petit à petit en adieu. Il y a des jours où la douleur tambourine mon cœur, comme s'il n'avait pas assez souffert à cause de toi. Il y a des jours où j'ai envie de partir et de ne plus me retourner, des jours où je veux m'éloigner de toi, d'elle, parce qu'on m'a dit « *c'est tuant, les souvenirs* » surtout lorsqu'ils portent ton nom. Il y a des jours où j'ai cru être forte, du moins assez pour continuer d'encaisser ces vagues de douleur, pour oublier cet amour qui me brûle, je pensais être assez forte pour supporter ton absence dans ma vie. Mais tu sais, je me rends compte que sans toi, je ne suis plus rien, que sans toi, je ne suis plus moi

qu'est-ce qu’il y a de plus terrifiant que
d’oublier la personne que l’on aime ?

j'oublie doucement la couleur de tes yeux, dans lesquels j'avais l'habitude de nager et d'admirer les étoiles. J'oublie petit à petit le son de ta voix qui me berçait de je t'aime. J'oublie lentement la chaleur de tes bras, l'odeur de ta peau, l'écho de ton rire, et la douceur de tes lèvres. Eh, dis-moi, qu'est-ce qu'il y a de plus terrifiant que d'oublier la personne que l'on aime ?

j'ai aimé et je l'aime autant que la vie, parce que cette personne me donne l'impression d'exister quelque part, pour quelqu'un on s'aimait si fort mais si mal, et on ne pouvait pas continuer de se regarder souffrir droit dans les yeux. Tu sais, peut-être qu'il n'y avait pas de bonne décision, au final, que rester nous aurait brisés et que partir l'a fait aussi

— tu m’as fait tomber amoureuse, tomber par terre et tu ne m’as jamais aidé à me relever
— comment aurais-je pu t’aider ? J’étais tombé au sol, moi aussi, et tu n’as rien fait

combien de fois... combien de fois je suis tombée parce que ta main ne tenait plus la mienne ? Combien de fois je n'ai pas voulu me relever parce que je ne voulais pas avancer dans une vie où tu n'étais pas ? Combien de temps j'ai passé à attendre le retour d'une personne qui allait mieux sans moi ? Combien de larmes j'ai essuyé, combien de fois j'ai voulu crier, combien de fois j'ai senti mon cœur se déchirer par ta faute ? Combien de fois je t'ai supplié de rester, de revenir, et de partir parce que je ne supportais ni ton absence, ni ta présence ? Combien de fois on s'est pardonnés et combien de fois on a refait les mêmes erreurs juste après ? Combien de fois on a essayé de tourner la page et combien de fois on a continué de la relire ? Combien de nuits j'ai pleuré ton absence et combien de nuits tu comblais la mienne dans les bras d'une autre ? Combien de fois on s'est dit je t'aime et combien de fois l'a-t-on réellement pensé ? Combien de fois on s'est brisés le cœur et combien de fois on va continuer de le faire avant de se retrouver ?

je ne voulais pas briser ton
cœur pour guérir le mien

tu sais, j'aurais aimé te dire que j'étais désolée d'avoir brisé ton cœur et le mien par la même occasion et que depuis que tu n'es plus là, un vide se creuse en moi. J'aurais aimé te serrer dans mes bras une dernière fois, t'aimer encore un peu, avant de te dire adieu. J'aurais préféré t'avouer que je n'arrivais plus à avancer sans toi, plutôt que de laisser les mots mourir en moi. J'aurais aimé te crier de ne plus partir, de m'attendre parce que j'avais encore besoin de toi. J'aurais aimé te dire un peu plus tôt que je t'aimais toujours, et que je n'avais jamais cessé de le faire

peut-être que j'aurais dû te briser le cœur
pour éviter que tu le fasses le premier

peut-être que j'aurais dû ne rien dire, ne pas t'avouer que je t'aimais et ne pas te dire que la vie était plus douce dans tes bras. Peut-être que je n'aurais pas dû te donner mon cœur, et ne pas te regarder essayer d'en prendre soin lorsque tu venais de le faire tomber. Peut-être que t'aimer a été la plus magnifique des erreurs, et que je finirai par le regretter toute ma vie. Peut-être j'aurais dû m'en aller bien avant que tu deviennes ma plus grande blessure, cette cicatrice qui reste ouverte et qui continue de brûler. Peut-être que j'aurais dû te briser le cœur pour éviter que tu le fasses le premier, et peut-être qu'en te faisant mal, tu ne m'aurais pas oublié

— notre bateau à tous les deux a fait naufrage, mais je n'arrive pas à me faire à l'idée de continuer de naviguer sur le même océan que toi, sans plus jamais te croiser
— la terre est ronde, peut-être qu'on ne se croisera plus ici mais à l'autre bout du monde

je pensais qu'exister dans ton monde c'était vivre dans l'univers et je n'étais pas prête à le faire sans toi. Tu étais devenu un si gros tout, que je n'étais plus rien, je m'étais perdue, je n'arrivais plus à me retrouver, pas même dans tes bras… Je savais pertinemment que c'était la place la plus douloureuse et pourtant c'était celle où je me sentais le mieux. Tu m'as arraché le cœur pour le briser d'avantage, tu m'as enlevé l'envie de laisser d'autres personnes prendre soin de chaque partie de moi et qui pourtant, pourraient m'aimer mieux que toi. Et tu sais, je continuais de m'attacher à nous, à notre amour pour essayer de me raccrocher à la vie, mais ça n'a pas suffi à me faire rester... parce que je ne voulais plus regarder le monde tourner sans moi

je voulais juste te laisser de moi,
ce qu’il me reste de toi

tu sais, je voulais avoir la première place dans ton cœur, être cette même cicatrice que tu m'as laissée. Je voulais marquer ton âme, que tu te rappelles de ma voix et de mes manies, que tu n'oublies jamais la couleur de mes yeux et ce qui me donnait envie de vivre. Je voulais être la première personne qui toucherait ton cœur, celle qui le tiendrait un peu trop fort entre ses mains. Je ne voulais pas briser ton cœur, mais être celle qui arriverait toujours à le faire battre d'une certaine manière. Tu sais.. je voulais être ton premier amour, avoir cette place spéciale qui dirait : tu as compté différemment et tu compteras toujours. Je voulais juste te laisser de moi, ce qu'il me reste de toi j'ai peur de l'amour et de ce qu'il représente, parce que donner son cœur à une personne c'est lui permettre de le briser et c'est ce qu'il a fait. Je ne veux pas d'une autre chute, d'un nouveau naufrage, d'une terrible tempête qui bousillerait tout sur son passage. Je ne veux pas traverser un autre enfer, plus sombre et plus douloureux que les autres, qui finirait par me briser encore une fois. Je ne veux pas avoir peur de perdre quelqu'un, ni penser que je n'ai pas le droit d'être aimée, alors que je le mérite. Je ne veux pas passer à côté de mes rêves, ni même rater des trains, encore moins courir après ma vie pour essayer de la rattraper. J'ai peur de prendre le mauvais chemin et de finir par me perdre parce que je ne voulais pas savoir où j'allais. J'ai peur de ne plus jamais me retrouver, surtout dans les bras d'un autre

Tu sais, j'ai peur de fermer les yeux et de passer à côté de l'amour de ma vie, ou de les poser un peu trop sur celui qui la brisera. J'ai peur de manquer quelque chose ou quelqu'un, d'aller quelque part alors qu'on m'attend ailleurs. J'ai peur d'avoir perdu des occasions de tomber amoureuse à cause de lui, j'ai peur d'avoir brisé mes rêves en m'occupant des siens. J'ai peur d'avoir des centaines de regrets sur les épaules, d'avoir des non-dits qui resteront sur le coin de mon cœur et d'avoir beaucoup trop de rancune sur le bord de mes lèvres. Tu sais.. j'ai peur d'aimer trop fort ou de ne plus jamais réussir à le faire

merci de m’avoir aimée lorsque
je n’étais plus capable de le faire

mon étoile

on a affronté des batailles ensemble, et on en a perdu certaines, parce qu'on n'avait pas la force de se battre contre l'amour. On a passé des nuits plus sombres que blanches à s'écouter, à s'effondrer, à se souvenir combien la vie était merveilleuse avant que notre monde se mette à exploser d'un coup, et surtout, avant que notre cœur implose. On a beaucoup pleuré ensemble, lorsqu'on était perdues, quand on ne savait plus où aller, lorsqu'on marchait partout sans jamais aller nulle part. On a écrit une belle histoire toutes les deux, on a ri, on a crié, on a aussi aimé, mais surtout, on a vécu. On a traversé le même enfer avant de se lâcher la main, parce qu'il y a des chemins qui se séparent et qu'on n'a pas su être une exception. Tu sais, je n'ai jamais su comment te remercier, et même si c'est trop tard, que tu ne trouveras jamais cette lettre et que ces mots se perdront dans le temps, merci d'avoir apaisé ma douleur, les doutes que j'avais, la peur qui me terrifiait. Merci d'avoir été là et de m'avoir tendu ta main, tes bras, surtout lorsque personne d'autre ne le faisait. Je te remercie d'être restée, et surtout, merci d'avoir existé dans mon monde

il y a des mots qui brisent le cœur
et d'autres qui le réparent

je sais qu'il y a des mots qui hantent et qui frôlent le cœur de trop près et qui parfois, le brisent aussi. Je sais qu'il y a des voix qui brûlent et qui peuvent nous empêcher de respirer, qu'il y a des lieux dans lesquels les fantômes du passé vivent toujours contrairement à nous. Je sais qu'il y a encore des images, des musiques et trop de souvenirs qui nous terrifient, qui nous déchirent l'âme au point de vouloir oublier, de vouloir effacer, mais tu sais qu'essayer d'oublier c'est se souvenir de tout et y penser tout le temps, mais on le fait déjà assez. Je sais que l'absence fait mal, et qu'elle donne envie de partir, mais si les autres le font, ça ne veut pas dire que tu dois le faire aussi *je t'aime assez pour te laisser partir*

tu es celui qui m'a fait aimer la vie avant de la détester, la personne qui a fait battre mon cœur avant de le briser, tu as été la merveille de mon monde, avant d'être celui qui l'a détruit. Tout portait ton nom, la vie, l'amour, et surtout le vide et le manque que tu avais laissé derrière toi. Je ne voyais que par ta voix, l'absence de tes mots, ce que tu m'avais pris et le peu qu'il me restait. Les souvenirs déchiraient mon cœur, me donnaient envie de l'arracher, parce qu'ils m'empêchaient d'avancer sans toi. Tu as été la plus grande tempête de ma vie, celle qui m'a détruite au point de ne plus savoir si j'avais ma place ici. Tu as tout ravagé sur ton passage, et je ne savais plus si je voulais rester ou si je devais partir, comme toi tu l'avais fait

on se retrouvera dans une autre vie,
celle-ci n’est pas faite pour nous

quand je suis partie, j'étais perdue, seule, effrayée dans un monde que je ne connaissais pas sans toi. Je devais apprendre à vivre de nouveau, et le faire correctement. Je devais apprendre à avancer sans laisser le passé me serrer dans ses bras, et surtout, sans me retourner. Je me suis souvent demandée comment était ta vie sans moi, si tu allais bien, si mon absence était douloureuse, parce que la tienne continuait de l'être. Je ne voulais pas que tu me brises le cœur encore une fois, alors je l'ai fait à ta place et j'ai regardé notre monde s'effondrer une nouvelle fois. Nous deux, on n'a jamais su s'aimer, on n'a jamais essayé d'apprendre à le faire.. notre amour était trop bancal, trop instable et surtout impossible. Tu sais, pour me rassurer, je me disais qu'on avait le même ciel au dessus de nos têtes, et que ces étoiles, elles brilleraient toujours dans tes yeux, et c'est ce qui me permettait de m'endormir le soir

J'aurais aimé vous dire que ce livre me permettrait d'arrêter de parler de mon premier amour mais j'ai le cœur qui déborde encore. C'est une blessure qui refuse de se fermer, simplement parce qu'elle n'est pas encore prête à le faire. Il faut que j'en prenne soin et que j'apprenne à l'aimer, et peut-être qu'à ce moment-là, les pages se tourneront et il ne sera plus derrière. Je pense que le temps ne m'a pas permis de guérir, mais d'apprendre, et je continuerai de grandir à travers cette histoire, cette épreuve et cet enfer que j'ai traversé. On n'oublie pas, on n'oublie jamais, seulement, on avance, et c'est ce que j'essaie de faire tous les jours. On ne répare pas un cœur brisé avec ce qui nous tombe sur la main, il nous faut du repos, de l'attention, des moments seuls, face à soi-même. Il nous faut de l'amour propre, se retrouver, apprendre à se suffire. Il ne faut pas détester le monde entier parce qu'il continue de tourner alors que le votre vient de s'arrêter. Une peine de cœur c'est bien plus qu'un simple chagrin, et ne laissez personne vous dire le contraire. Vous êtes forts, merveilleux, *vous êtes des étoiles alors, n'oubliez pas de briller.*

Remerciements

À mon premier amour,
qui m'a ouvert un peu trop grand et trop fort le cœur mais qui m'a permis d'en sortir quelque chose de beau, de touchant, de percutant pour moi et pour les autres. Merci d'avoir été ma plus belle et grande blessure, celle qui restera toujours ouverte et qui me permettra de faire ce dont je suis la plus douée : poser des mots sur ce que je ressens. Merci d'être l'inspiration qui me manquait pour accomplir quelque chose dans la vie, quelque chose qui reste et qui grandit à mes côtés. Merci de m'avoir laissé prendre soin de ton cœur quelque temps, et de m'avoir aimé, aussi. Tu ne dois pas t'en vouloir, jamais, que ce soit pour la douleur, l'absence, le manque et toute cette tristesse que tu m'as laissé. Ne sois pas désolé pour ma peine, ni pour notre naufrage et encore moins pour la chute de notre empire, parce que notre histoire restera la plus marquante, et celle qui me donnera toujours l'envie d'aimer encore une fois. Tu sais, si je pouvais l'écrire de nouveau, effacer des erreurs ou revivre certaines choses, je ne ferais rien, je laisserais tel quel ce que l'on a vécu, aussi sombre et triste que cela puisse être. Je ne changerais rien, parce que les plus belles choses ont une fin, et même si on n'était peut-être pas la plus belles des histoires à leurs yeux, elle le restera aux miens, et c'est le plus important. Je ne sais pas si tu liras ces mots, et s'il advient que ce soit le cas, n'oublie jamais qu'un premier amour n'est pas le dernier, et que tu auras toujours cette place spécial dans le cœur d'une personne. Je suis heureuse de t'avoir aimé.

À mes amis,

qui de leur soutient, m'ont permis de toujours croire en mes rêves, et de ne jamais abandonner, pas même lorsque tout me criait de le faire. Merci d'avoir été là, d'avoir su m'écouter et trouver les bons mots pour apaiser la tristesse qui me submergeait. Merci à ceux qui m'ont accueilli dans leur monde lorsque le mien était en train de s'effondrer sous mes pieds. Merci à ceux qui ont eu la force de m'épauler, moi et tous mes maux, et de faire un bout de chemin à mes côtés. Merci à ceux qui m'ont appris à sourire de nouveau, à y croire encore, sans arrêt. Merci à ceux qui sont tombés avec moi, à certains qui ont pu sombrer par ma faute et qui pourtant, ne m'ont pas lâchés la main. Merci à ceux qui ont pris le temps de plonger pour venir m'aider et pour m'empêcher de me noyer dans ma tristesse, merci d'avoir su me garder la tête hors de l'eau. Merci à ceux qui m'ont ramassé à la petite cuillère un nombre incalculable de fois à cause des erreurs que je continuais de refaire. Merci à ceux qui ont été ma force, mon sourire, et à tous ceux qui m'ont redonné la joie de vivre. Merci de m'avoir fait comprendre que la vie était belle, même lorsque le soleil ne brille pas. Merci de m'avoir tendu la main lorsque je ne pouvais plus tenir debout, d'avoir avancé avec moi, jusqu'à ce que je puisse le faire toute seule. Merci à ceux qui ont été de passage et à ceux qui resteront, à ceux que je n'ai pas encore rencontré et qui brilleront dans mon ciel. Merci de faire partie de mon évasion, jusqu'à devenir importants au point d'en être la définition.

Aux étoiles,
qui ont cette place à part dans mes yeux, dans ma vie, et dans mon univers depuis tant d'années. Elles qui tant de fois, m'ont permis de me raccrocher à quelque chose, et qui m'ont empêché de laisser le courant m'emporter loin de tout. Merci de m'avoir appris à briller, comme vous, et de tenir compagnie aux solitaires nocturnes dont je fais partie. Merci d'être devenues un repère, un phare dans la nuit noire, qui m'empêche de me perdre. Merci de me donner cette force quand ça ne va pas, de me donner cette envie de découvrir le monde entier et toutes les merveilles dont il regorge. Merci d'être devenues un symbole, une leçon, un espoir dans ma vie qui scintille sur mon poignet. J'apprends aux autres à ne pas laisser la noirceur de l'humanité les éteindre, comme vous, qui vous vous battez contre l'obscurité du ciel constamment. Être une étoile c'est briller la nuit, mais devoir trouver la force de continuer de le faire en plein jour, lorsque le soleil vous remplace. Merci de m'avoir appris à plonger la tête dans le ciel et de me garder une place auprès de vous lorsque je serai prête à vous rejoindre. Merci d'exister dans ce monde, aussi triste et sombre peut-il se révéler être parfois. Vous êtes cette lueur d'espoir qui ne disparaît pas et qui, même cachée, continue de briller. Merci de donner un peu de magie et de couleur dans le cœur des personnes, parce qu'on en a toujours besoin. Belles et merveilleuses étoiles, vous me permettez de ne jamais oublier de sourire et de croire en moi, et il n'y a rien de plus beau que ça. Je ne laisserai personne m'éteindre, je vous le promets.

À **eloane**, avec laquelle j'ai écrit quelques merveilleux messages qu'on aurait parfois aimé envoyer, ou recevoir.

À **célia** pour le soutient tout au long du montage de ce livre, et pour m'avoir aidé lors de la correction finale.

À vous, qui lisez ce livre,
n'oubliez jamais que la vie est seulement un long chemin parsemé d'embûches, d'obstacles, et qu'il y en aura parfois certains qui demanderont plus d'efforts. Souvent, l'aide d'autres personnes, inconnues ou non, sera nécessaire voire bénéfique, et qu'elles marcheront à vos côtés pendant quelques temps avant de poursuivre leur propre route. Mais à ce moment-là, il ne faudra pas leur en vouloir, il y a des chemins qui se croisent sans pour autant devenir le même. Certaines rencontres resteront à vos côtés toute votre vie, sans jamais vous lâcher la main, mais ce qui est important, ce n'est pas toujours de marcher tout droit, il faut prendre des raccourcis, des contre sens ou des sens interdits, afin de voir toutes les routes possibles. Ce qui compte, c'est de marcher le sourire aux lèvres, pas d'avancer.

À ceux qui ont été de passage dans ma vie,
ou à ceux qui n'en font pas encore partie,
merci pour ce que vous m'avez donné, enlevé ou appris, dans tous les cas, je le garde au creux du cœur, là où la haine et le temps n'a pas d'effet. Merci pour tout.

À moi,
pour avoir fait de ma douleur la plus belle des forces, pour ne jamais avoir abandonné, pour avoir ce courage et cette envie d’affronter le monde malgré tout. Merci de briller, et de permettre aux autres de le faire aussi.

hope

Printed in Poland
by Amazon Fulfillment
Poland Sp. z o.o., Wrocław

77176363R00114